新宿署特別強行犯係

南 英男

JN225704

目次

第一章　刑事殺し

1

悲鳴が交錯《こうさく》した。

多くの男女の緊迫《きんぱく》した声も聞こえてきた。行き交う人々が逃げ惑《まど》っている。何か異変があったようだ。

新宿の歌舞伎《かぶき》町一番街《いちばんがい》である。

七月上旬の夜だった。十時を回っていた。いつもよりも蒸し暑い。梅雨明けが近いのか。

刈谷亮平《かりやりょうへい》は足を止めた。

馴染《なじ》みのバーに向かう途中だった。前方から、大勢の通行人が走ってくる。誰もが恐怖で顔を引き攣《つ》らせていた。脇道に駆け込む者たちも少なくない。

刈谷は目を凝《こ》らした。

段平《だんびら》を提《さ》げた三十代前半と思われる男が何か大声で喚《わめ》きながら、凄《すさ》まじい形相《ぎょうそう》で走ってくる。なぜか、男は上半身に何もまとっていない。半裸だ。

肩口、両腕、胸部は刺青《いれずみ》で彩《いろど》られていた。流行のタトゥではなく、手彫《ぼ》りの肌絵だった。図柄と色のぼかし具合で区別ができた。

男は堅気《かたぎ》ではないだろう。鍔《つば》のない日本刀を握っているのは、近くで筋者《すじもの》同士の揉《も》めごとが起こったからなのか。

剝《む》き身だった。鞘《さや》はどこかに投げ捨てたのだろう。

刈谷はあたりを見回した。やくざっぽい男たちの姿はどこにも見当たらない。

「どいつもこいつもぶっ殺してやる！」

男が猛《たけ》り立った声を放ち、左右の舗道に視線を向けた。

目が血走っている。呂律《ろれつ》も幾分、怪《あや》しかった。酒気を帯びていることは間違いない。刺青を晒《さら》した男は腹立たしいことがあって、無差別殺人に及ぶ気なのか。気持ちを引き締める。

三十七歳の刈谷は、新宿署に所属している刑事だ。治安を乱す者を野放しにしておくわけにはいかない。

「おい、何を考えてるんだ？」

刈谷は、男の行く手を阻《はば》んだ。

「てめえは誰なんだよっ」

「そんなことより、何があったんだ？　だいぶ荒れてるじゃないか」

「おめえ、怖《こわ》くねえの？　おれはよ、堅気《ネス》じゃねえんだぞ。関東誠和《せいわ》会森下《もりした》組の城島《じょうじま》ってんだ。覚えておきな」

「なんで段平なんか振り回してるんだい？」

「慕《した》ってた兄貴に裏切られて、頭にきてんだよ」

城島と名乗った男が、吐《は》き捨てるように言った。

「つき合ってる女を寝盗《と》られたのか？」

「そんなんじゃねえや。兄貴はクラブや風俗店から集金したみかじめ料を遣《つか》い込んだくせによ、おれが着服したと上の者に言いやがったんだ。見損なったぜ」

「チンケな兄貴分だな」

「クズだよ、クズ！　おれは、もう誰も信じられなくなっちまった」

「そうだろうな」

「だから、通り魔殺人をやらかして、刑務所《ムショ》に入ることにしたんだよ。通りかかった奴を四、五人殺《や》っちまえば、死刑にされるよな。この世に未練はねえんだ」

「身勝手な野郎だな。くたばりたかったら、てめえで首を括《くく》れ」

刈谷は怒鳴《どな》りつけた。

「なんだよ、偉そうに。てめえから、ぶった斬ってやらあ」

「人を斬るだけの覚悟と度胸があるようには見えないな」

「なめやがって！」

城島がいきなり立ち、段平を右上段に振り被《かぶ》った。

刃渡りは六十五、六センチだろう。遠巻きに成り行きを見守っている野次馬の多くが身を竦《すく》ませた。

だが、刈谷は少しも怯《ひる》まなかった。犯罪者に刃物を突きつけられたことは、一度や二度ではない。銃口を向けられたことさえあった。

「土下座して詫びを入れたら、勘弁してやってもいいぜ。どうするよ。あん？」

「段平を渡すんだ」

「態度がでけえんだよ。気に入らねえな」

城島が吼《ほ》え、鍔のない日本刀を斜めに振り下ろした。白っぽい光が揺曳《ようえい》する。

刃風《はかぜ》は重かった。しかし、切っ先は刈谷から四十センチ近くも離れていた。威嚇《いかく》の一閃《いっせん》だったにちがいない。

「虚勢を張ってると、後悔することになるぞ」

刈谷は言い諭《さと》した。

無駄だった。城島が白刃を手許《てもと》に引き戻し、前に踏み込んできた。すぐに段平が水平に振られた。空気が縺《もつ》れる。

刈谷はバックステップを踏んだ。刀身は空《くう》を斬っただけだった。

城島の鋭い目は据《す》わっていた。明らかに殺気立っている。どうやら怒りを煽《あお》ってしまったようだ。

侮《あなど》れない。刈谷は身構え、手早く麻の白いジャケットを脱いだ。それを右手に持つ。

「おら、おら！」

城島が白刃を右に左に振り回しはじめた。刈谷は丸めたジャケットで刀身を払いながら、反撃のチャンスを待った。

少し経《た》つと、相手に隙《すき》が生まれた。すかさず刈谷は間合いを詰め、城島の右の向こう臑《ずね》を思うさま蹴った。

城島が呻《うめ》いて、棒立ちになった。

刈谷は、城島の左の膝頭の斜め上に前蹴りを見舞った。腿《もも》の内側だ。意外に知られていないが、そこは人体の急所の一つだった。

城島が体のバランスを崩し、不様にも尻餅《しりもち》をついた。段平が手から零《こぼ》れる。刈谷は、路面に落ちた段平を素早く拾い上げた。

ちょうどそのとき、靖国《やすくに》通りの方向から警察車輛が疾駆《しっく》してきた。サイレンの音が高い。灰色のクラウンは、新宿署に常駐している警視庁自動車警邏《けいら》隊の覆面パトカーだった。

新宿署には約六百五十人の署員のほか、およそ三百六十人の自動車警邏隊員が詰めている。本庁管内には百二の所轄署があるが、最も所帯が大きいのは新宿署だ。

サイレンが熄《や》んだ。クラウンが近くに停まった。刈谷は城島を路上に這《は》わせた。

車内から真っ先に飛び出してきたのは、峰岸元春《みねぎしもとはる》主任だった。顔見知りだ。峰岸は刈谷よりも二歳年下だが、職階は同じ警部だった。体格がよく、上背もある。色が浅黒い。

「レスポンスタイムは、五分そこそこだろうな。優秀じゃないか」

刈谷は峰岸に笑いかけた。

「いったい何があったんです？」

「森下組の城島って構成員が無差別殺人に走ろうとしたんで、身柄《ガラ》を押さえといた。凶器は押収したよ」

「それはお手柄でしたね。刈谷さん、事件の経過を教えていただけませんか」

峰岸が促《うなが》した。刈谷は事件の流れを伝え、凶器の段平を峰岸に渡した。

峰岸が近づいてきた部下に指示し、城島に手錠を打たせた。城島は観念したようで、まったく暴れなかった。

刈谷は少し城島から離れ、上着を羽織《はお》った。

「お怪我はありませんか？」

峰岸が訊《き》いた。

「無傷だよ」

「それはよかったです。刈谷さん、武勇伝になりそうですね、今夜のことは。それにしても、無鉄砲なんじゃないですか」

「呆《あき》れたか」

「ええ、少しね」

「おれたちは税金で食べさせてもらってるんだ。法の番人として、職責を全《まっと》うしたいじゃないか。危険だからって、逃げ腰になるわけにはいかない」

「それはそうなんですが、なかなかね。歌舞伎町には仕事で来たんですか？」

「いや、そうじゃない。行きつけのバーを覗《のぞ》くつもりだったんだが、今夜はおとなしく塒《ねぐら》に戻るよ。後《あと》のことはよろしくな」

刈谷は軽く片手を挙げ、新宿駅に向かって歩きだした。

峰岸が背後で何か言った。刈谷は聞こえなかった振りをして、足を速《はや》めた。夜気《やき》は、まだ熱を孕《はら》んだままだった。

目黒区平町《たいらまち》で生まれ育った刈谷は都内の有名私大を卒業すると、警視庁採用の一般警察官《ノンキャリア》になった。一年間の交番勤務を経《へ》て、大崎《おおさき》署刑事課強行犯《きょうこうはん》係に転属になる。早い異動だった。

強行犯係は、殺人、強盗など凶悪犯罪の捜査を担《にな》っている。職務はハードだが、自分の性《しょう》には適《あ》っていた。刈谷は数々の手柄を立て、その後は数年ごとに所轄署刑事課を渡り歩いてきた。

問題を起こしたのは三年数カ月前だった。

当時、刈谷は池袋署刑事課にいた。本部事件で本庁から出張《でば》ってきた若い管理官が所轄署刑事を見下したことに義憤を覚え、つい殴り倒してしまったのだ。

その管理官は京大出身で、警察官僚《キャリア》のひとりだった。

二十九万七千人の警察組織を支配しているのは、六百数十人のキャリアである。刈谷ば、権力を握ったエリートに楯突《たてつ》いたわけだ。当然、何らかの仕返しは覚悟していた。あろうことか、次の人事異動で新宿署少年係にされた。強行犯係一筋だった刑事には、例のない異動である。明らかに、厭《いや》がらせだった。

刈谷は自尊心を踏みにじられ、ひどく傷ついた。士気《しき》も殺《そ》がれ、職務にはどうしても励めなかった。税金泥棒には成り下がりたくない。

刈谷は悩み抜いて、依願退職する気持ちを固めた。辞表を書きかけていると、署長の本《ほん》多弘一《だこういち》警視正に呼ばれた。一年数カ月前のことだ。

現在、五十二歳の本多署長は東大出の有資格者《キャリア》だが、ほとんど出世欲はない。気骨があって、是々非々主義を貫いている。尊敬できる真のエリートだった。

刈谷は、署長から思いがけないことを打ち明けられた。

署内に非公式の特別強行犯係『潜行捜査隊』を新設することになったという。隊長は、変人と噂されている準キャリアの新津賢太郎《にいつけんたろう》警視が務《つと》めることになっているらしい。署長直轄の特殊チームの主任に刈谷を抜擢《ばってき》するという内示だった。

刈谷は二つ返事で快諾《かいだく》した。もう三人の部下の人選は終わっているそうだ。男ひとり、女二人だった。それぞれ個性は強いが、刑事としては優秀だという話だ。

こうして刈谷は、特殊チームの主任に就《つ》いた。新津隊長が率《ひき》いる『潜行捜査隊』はこれまでに五件の凶悪事件を初動捜査でスピード解決させ、さらに七件の捜査本部事件の真相を暴《あば》いた。

だが、チームが手柄を立てたことにはなっていない。

『潜行捜査隊』の五人は、表向き捜査資料室のスタッフということになっているからだ。警視総監賞や署長賞とは無縁の助っ人要員に過ぎなかったが、不満を洩《も》らすメンバーはいなかった。

特別強行犯係は、刑事課、組織犯罪対策課、生活安全課担当の事件に駆り出されている。守備範囲は広かった。捜査に変化があって、退屈することはない。

俸給以外に特別手当が支給されるわけではなかったが、捜査費はふんだんに遣《つか》える。拳銃の常時携行も特別に許可されていた。

少々の反則技も咎《とが》められることはなかった。食《は》み出し者が集まった極秘刑事集団は、実に居心地がよい。

「刈谷さん、待ってください」

峰岸が大声を発し、全速力で追いかけてきた。どうしたのか。

刈谷は立ち止まって、体を反転させた。

「峰岸、まだ何か？」

「上司の指示があって、署で事情聴取させてほしいと申し入れろと……」

「おれは別に隠しごとなんかしてないぞ」

「部下の報告によると、刈谷さんが城島を挑発したという目撃証言を得たそうなんですよ。隊長や刑事課長が事件の経過を詳しく知りたいみたいなんです」

「融通が利かないな」

「すみません」

峰岸が頭に手にやった。

刈谷は苦《にが》く笑って逆戻りし、クラウンの後部座席に乗り込んだ。峰岸がかたわらに腰を沈める。いつの間にか、白黒パトカーと覆面パトカーが十台近く連《つら》なっていた。

峰岸の部下がクラウンを発進させた。

新宿署は大ガードの少し先にある。青梅《おうめ》街道に面した高層の署舎だ。
五、六分で、新宿署に着いた。
刈谷は五階にある刑事課の会議室に導かれた。峰岸と入れ代わる形で、刑事課長と自動車警邏隊の隊長が入室した。二人はテーブルの向こう側に並んで坐《すわ》った。

刈谷は、立ち回りを演じることになった経緯《けいい》をありのまま喋《しゃべ》った。

「城島が段平を振り回す前に、なんで支援を要請しなかったんだ？」

刑事課長の持丸勇作《もちまるゆうさく》が言った。詰《なじ》るような口調だった。五十四歳で、ノンキャリアの出世頭だ。

それだけに、かなりの自信家だった。他人の意見にはほとんど耳を傾けない。そのくせ、位《くらい》の高い者に対しては絶対に異論を唱《とな》えなかった。

「おれは元暴力団係《マルボウ》じゃありませんが、連続殺人犯に発砲されたこともあります。日本刀《ポントウ》を振り回されたぐらいじゃ、ビビったりしませんよ。それから、城島を刺激した覚えはない。挑発したなんて……」

「刈谷が長いこと強行犯係をやってたことは知ってるが、それはもう昔の話だ。三年数カ月前に池袋署から新宿署《うち》の少年係に左遷《させん》され、その後は十階の捜査資料室でくすぶってるんだよな」

「そうですが、それが何か？」

刈谷は、持丸を睨《にら》みつけた。

「不本意な異動だと思ってるんだろうが、やくざ者に八つ当たりするなんて大人げないな。臨場した捜査員たちから報告を聞いたが、過剰防衛だね」

「反撃しなかったら、こっちは斬られてたかもしれないんですよ。れっきとした正当防衛でしょうが」

「そうとは言い切れないんじゃないのか」

持丸が刈谷に言って、かたわらの篠 毅《しのたけし》隊長に相槌《あいづち》を求めた。篠が無言でうなずく。

「過剰防衛に当たると判断されるんだったら、本多署長に報告してもかまいませんよ。本庁警務部人事一課監察の調査にも応じます。気の済むようにしてください」

「今夜の一件は署長の耳には入れない。むろん、マスコミが騒ぎを聞きつけても事実は伏せる。警察官の不祥事が後を絶《た》たないんで、恰好《かっこう》の餌食《えじき》にされるだろうからな」

「ちょっと待ってください。おれは自分の身を護《まも》ろうとしただけですよ。それが、なんで不祥事になるんですっ」

「過剰防衛ってことになれば、不祥事だろうが！」

「まだ過剰防衛って決まったわけじゃないでしょ？　なんなら、署長に判断を委《ゆだ》ねましょうよ。ええ、そうしてほしいな」

「二人とも、ここは冷静になったほうがいい」

篠隊長が執《と》り成《な》した。

「こっちは冷静ですよ。おれを犯罪者扱いしたがってる刑事課長のほうに問題があるんじゃないのかな」

「おい、刈谷！」

「呼び捨ては慎《つつし》んでほしいな。おれは、あんたの部下じゃないんだ」

「同じ警部だが、刈谷のほうが年下だよな。呼び捨てにしてもかまわないだろうが」

「はっきり言って、抵抗があるな。不愉快ですね」

「生意気な奴だ。おまえは、もう使えない刑事になったんだよ。いまの職場でストレスを溜《た》め込んでないで、いっそ転職しろ」

「なんだと⁉」

「人生は愉《たの》しく生きなきゃ、損だろうが？　警察ＯＢが何人もタクシー会社、警備保障会社、建設会社なんかで働いてるから、どこか再就職先を探してやってもいいぞ」

「余計なお世話だ。それより、まだ取り調べをつづける気なのかな」

「おい、誤解するなよ。刈谷から話を聞いたのは、あくまで事情聴取だ。取り調べなんかじゃない」

「だったら、もう引き取らせてもらいます」

「やさぐれ警部め！」

「売られた喧嘩は、いつでも買いますよ」

刈谷は憤然と立ち上がって、大股で会議室を出た。

柔肌は抜けるように白い。

2

刈谷は、諏訪茜《すわあかね》の秘めやかな場所に口唇愛撫を施《ほどこ》していた。杉並区下高井戸《しもたかいど》にある自宅マンションの寝室だ。城島との立ち回りを演じた翌日の午後二時過ぎだった。

前夜、帰宅すると、部屋には電灯が点《つ》いていた。一年ほど前から交際している茜が合鍵で入室したのである。

三十一歳の茜はフリーの写真家だった。カタログ用の商品写真で生活費を稼ぎながら、個展用の写真を撮《と》り溜めていた。出会ったのは一年前だ。

その日、刈谷は時間潰しにフォト・ギャラリーを覗《のぞ》いた。そこで、たまたま茜の写真展が開かれていた。被写体はソマリアの難民キャンプで暮らす母子ばかりだった。一様《いちよう》に哀《かな》しげな表情をしていたが、誰も瞳は澄んでいた。

刈谷は、展示された写真につい見入ってしまった。

そんなとき、個展会場にいた茜がさりげなく話しかけてきた。民族紛争や内戦の悲惨さを語る彼女は正義を振り翳《かざ》すこともなく、淡々と人間の業《ごう》に触れた。

刈谷は、少しもヒューマニストぶらない茜に好感を持った。整った容姿にも惹《ひ》かれた。その半月後、二人は偶然にも同じ地下鉄に乗り合わせた。

そのことがきっかけで、デートを重ねるようになったわけだ。茜の実家は神奈川県藤沢《ふじさわ》市内にあるが、彼女は中目黒《なかめぐろ》の賃貸マンションで暮らしている。

刈谷は七カ月前、部屋のスペアキーを茜に渡した。それ以来、彼女は週に一、二度、刈谷の自宅に泊まっている。

昨夜、二人はいつものように肌を重ねた。きょうは非番だった。そんなわけで、昼下がりの情事を娯《たの》しむことになったのだ。

刈谷は二枚の花弁を啜《すす》り、敏感な突起を集中的に舌で慈《いつく》しみはじめた。吸いつけ、弾《はじ》き、震わせる。そのたびに、芯《しん》の塊《かたまり》は硬度を増した。ころころとよく動く。

刈谷は舌と口唇を使いながら、複雑に折り重なった襞《ひだ》を指で探《さぐ》った。潤《うる》みに塗《まみ》れ、ぬめっている。それでいて、緩《ゆる》みはなかった。潜《くぐ》らせた指に圧迫感が加わってくる。茜は切なげに腰を迫《せ》り上げ、なまめかしい呻きを洩らした。男の欲情をそそる声だった。

刈谷は、天井のざらついた部分を二本の指で擦《こす》った。Ｇスポットを刺激しながら、舌を乱舞させる。

いくらも経《た》たないうちに、茜が裸身を縮めはじめた。エクスタシーの前兆だ。

刈谷は感じやすい肉の芽を舐《な》めまくった。もちろん、強弱をつけた。

茜が極《きわ》みに駆け上がった。体を断続的に震わせつつ、愉悦《ゆえつ》のスキャットを響かせはじめた。

刈谷は、ほどよく肉の付いた内腿《うちもも》で頭を挟まれていた。内奥《ないおう》に沈めた指は、きつく締めつけられている。

快感のビートがはっきりと伝わってきた。軽く引いても、指は抜けない。

茜は胸の波動が凪《な》ぐと、むっくりと半身を起こした。刈谷は軽く胸板を押され、仰向《あおむ》けになった。

茜が刈谷の股の間にうずくまり、猛《たけ》ったペニスを浅く口に含んだ。亀頭を舐め回してから、ディープスロートに移った。髪の裾毛が刈谷の下腹を掃《は》く。幾分、くすぐったい。だが、悪い感触ではなかった。

「そのまま、ターンしてくれないか」

刈谷は茜に声をかけた。

茜が短く迷ってから、体の向きを変える。男根《だんこん》をくわえたままだった。刈谷は、茜の形のいいヒップを引き寄せた。

濡《ぬ》れた珊瑚色《さんごいろ》の亀裂が淫《みだ》らだった。合わせ目は小さく綻《ほころ》んでいた。逆三角形の飾り毛は、ほどよい量だ。恥丘はぷっくりとしている。

二人は、ひとしきりオーラル・セックスに耽《ふけ》った。途中で、茜は二度目の沸点《ふってん》に達した。彼女は刈谷の性器を呑《の》み込んだまま、くぐもった唸《うな》り声を発した。

煽情的《せんじょうてき》だった。刈谷はシックスナインを終わらせ、茜に獣の姿勢をとらせた。

枕に顔を埋《うず》めた茜が白桃を想《おも》わせる尻を控え目に突き出した。いかにも恥ずかしそうだった。愛らしい。

刈谷は両膝をシーツに落とし、優しく体を繋《つな》いだ。

右手で砲弾型の乳房を交互にまさぐり、左手で陰核《クリトリス》を愛撫する。そうしながら、刈谷は六、七度浅く突いた。一気に深く分け入ると、茜は喉の奥で呻いた。背も大きく反らせた。

刈谷は腰に捻《ひね》りを加えながら、抽送《ちゅうそう》を繰り返した。結合部の湿った音が淫猥《いんわい》だった。官能が昂《たか》まる。

茜は三度目のクライマックスを極《きわ》めそうになったが、ゴールにたどり着けないでいる。羞恥心《しゅうちしん》があって、頂《いただき》に達せないのだろう。

　刈谷はいったん結合を解《と》き、茜を仰向けに横たわらせた。胸を重ねて、正常位で雄々《おお》しく昂まったペニスを挿入する。

　恥じらいが薄れたのか、茜は自《みずか》ら腰をくねらせはじめた。といっても、さほど大胆な迎え腰ではなかった。男にとっては、かえって欲望を掻《か》き立てられる。羞恥心を含んだせがみ方は、いとおしく感じるものだ。

　刈谷は腰を躍《おど》らせはじめた。

　七浅一深のリズムパターンは崩さなかったが、腰の捻り方には変化をつけた。亀頭の張り出した部分で茜のとば口の襞を捲《まく》り上げると、きまって彼女は啜《すす》り泣くような声を零《こぼ》す。

　やがて、二人はほぼ同時に終わりを迎えた。

　真昼の交わりには頽廃《たいはい》的な気分があるからか、ふだんよりも射精感は鋭かった。快感も深く得られた。刈谷の背筋は甘やかに痺《しび》れ、脳天も白く霞《かす》んだ。

　二人は余韻《よいん》に浸ってから、静かに離れた。どちらも、うっすらと汗ばんでいた。

　刈谷はベッドに腹這《ば》いになって、セブンスターをくわえた。情事の後の一服は、いつも格別にうまい。

「おいしそうに喫《す》ってるわね」

「ああ、うまいな」

「わたしは五年前に禁煙したんだけど、行為の後《あと》はちょっと喫いたくなるわ」

「ひと口喫《す》うか？」

「ううん、やめとく。いったん喫ったら、昔みたいに愛煙家になりそうだから。それに、煙草代《たばこだい》もばかにならないでしょ？」

「カタログ写真の仕事、減ったのか？」

「ううん、仕事量は同じよ。でも、近いうちにサンパウロ取材に行くことになってるから、無駄遣いはできないの」

「向こうでストリート・チルドレンの写真を撮るんだったな。取材費が足りなかったら、二、三十万カンパしてもいいよ」

「亮平さんの気持ちだけ受け取っておくわ。わたし、テーマ写真は自分で取材費を工面《くめん》して撮影したいのよ」

「通信社の報道写真家なんかは、新聞社やテレビ局から何百万円という取材費を貰《もら》ってスクープ写真を撮ってるんだろう？」

「戦場カメラマンなんかは、たいがいそうね。でも、わたしは報道写真を撮ってるわけじゃない。個人的に関心のあるテーマの写真を勝手に撮ってるだけだから、スポンサーなんかつかないの」

　茜が言った。

「商品カタログ写真で生計を立てながら、個展用の写真を撮りつづけるのは結構きついんじゃないのか？」

「好きなことをやってるんで、それほど苦にはならないわ。それに、わたしには結婚願望がないから、差し当たって貯《たくわ》えに励む必要もないし」

「子供のころから不仲な両親を見てきたんで、結婚に対して幻滅しちゃったんだろうな」

「そのことが遠因になってることは否定しないわ。でも、よく考えてみると、男と女が何十年も連れ添うこと自体に無理がある気がするの」

「そうかもしれないな。惚《ほ》れ合った男女でもすべての価値観が同じってわけじゃないから、意見がぶつかり合うこともある。お互いに愛情があるうちは、妥協《だきょう》もできるが……」

「気持ちが冷めたら、妥協点を見出せなくなる。だけど、子供に辛《つら》い思いをさせたくないんで、多くの夫婦は離婚に踏み切れないだけじゃないかしら？　わたしの父母はそうだったはずよ」

「茜の親父《おやじ》さんは精密機器会社の二代目社長なんだよな」

「ええ。父は両親に甘やかされて育ったから、わがままで利己的な面があるの。母は自己主張が苦手だから、夫の言いなりになってきたわ。見合い結婚だったんで、お互いに強く惹《ひ》かれ合ってたわけじゃないんでしょう。母は兄を産んでから、だんだん勁《つよ》くなった。それで、次第に父に逆《さか》らうようになったの。二人は結婚しても、子供なんか作るべきじゃなかったのよ」

「それは極論じゃないのか」

「ううん、そうじゃないと思う。いつもいがみ合ってた両親も不幸だったでしょうが、兄もわたしも家では少しも寛《くつろ》げなかったの」

「いつ夫婦喧嘩がはじまるかと冷や冷やしてたのか」

刈谷は確かめた。

「そうなのよ。経済的には裕福な家だったんだけど、十代のころはこの世に生まれたことを呪《のろ》ったわ。おそらく父の会社で働いている兄も、同じだったんじゃないのかな」

「そうなんだろうか」

「亮平さんのお父さんは税理士なのよね」

「そう。両親の仲は悪くないんだ。三つ上の姉貴とは、ガキのころから喧嘩ばかりしてたけどな」

「化粧品会社で管理職に就《つ》いてるお姉さんは、優等生タイプだったとか？」

「そうなんだ。姉貴は、学校の勉強ができない奴を小ばかにしてた。おれは小学校から勉強が苦手だったから、ずっと姉貴に軽く見られてきたんだよ」

「お姉さん、まだ独身だったわよね？」

「そう。頼りになる男がいそうもないんで、結婚する気はないとか言ってるよ。長男のおれも頼りにならないと思ってるようで、いまも実家で親たちと暮らしてるんだ」

「そうなの。亮平さんも結婚には消極的だけど、伴侶《はんりょ》にしたくなるような女性と出会ってないからなんじゃない？」

「いい女がたくさんいるんで、ひとりに絞れないんだよ。それに結婚相手を一生愛しつづける自信もないんで、所帯を持つ気はないな。いろんな女性と恋愛したいという気持ちをまだ捨て切れないんだ」

「うふふ。正直でいいわ」

茜が床《ゆか》から白いバスローブを摑み上げ、素肌に羽織《はお》った。それから彼女は寝室を出て、浴室に向かった。

間取りは1LDKだったが、各室が割に広い。茜と同棲することになっても、それほど狭くは感じないだろう。

刈谷は、短くなった煙草《たばこ》の火を灰皿の底で揉《も》み消した。そのすぐ後《あと》、ナイトテーブルの上に置いた刑事用携帯電話《ポリスモード》が鳴った。

官給品のポリスモードだった。刈谷は半身を起こし、刑事用携帯電話を手に取った。

発信者は特殊チームの新津隊長だった。

「非番で、女流写真家とデート中かな？」

「いえ、自宅にいます。昨夜《ゆうべ》、家で深酒をしたんで、まだベッドの中にいたんですよ」

「それじゃ、テレビのニュースは観《み》てないだろうな。きのうの午後十一時過ぎに相前後して二人の刑事が殺害されたんだ」

「被害者《マルガイ》は誰なんです？」

「ひとりは本庁捜一《そういち》強行犯殺人犯捜査係の落合《おちあい》修《おさむ》警部補、三十九歳だ」

「その彼とは面識がありました。落合刑事は、どこで殺《や》られたんです？」

刈谷は早口で訊《き》いた。

「新宿中央公園内で刺殺されたんだ」

「事件現場は、署の近くじゃないですか」

「そうなんだよ。落合警部補は両刃のダガーナイフで頸部《けいぶ》と心臓部を深く刺されて、ほぼ即死だったようだ」

「事件通報者は？」

「園内にいた大学生同士のカップルだよ。二人は近くで男の短いうめき声を聞いたんで、すぐにベンチから立ち上がって遊歩道を走ったみたいだな」

「それで、その二人は倒れてる被害者を発見したんですね？」

「そう。遊歩道と植え込みの間に仰向けに引っくり返ってた落合修は、カップルの呼びかけには返事をしなかったそうだよ。事件通報を受けて新宿署《うち》の地域課の者たちが現場に急行したときは、すでに被害者は息絶えてたらしい」

「隊長、凶器は現場に遺《のこ》されてたんですか？」

「いや、犯人が持ち去ってる。検視官が凶器はダガーナイフだろうと推定したんだよ」

「そうですか。大学生カップルは被疑者《マルヒ》の姿は見てないんですね？」

「どっちも見てないんだよ。新宿署《うち》の刑事課の連中が事件発生後、本庁機捜《きそう》初動班と一緒に付近一帯で聞き込みをしたんだが、不審者の目撃情報は得られなかったそうだ」

「もうひとりの被害者について教えていただけますか」

「わかった。午前零時数分前に渋谷区内の雑居ビルの屋上から投げ落とされて死んだのは、四谷署生活安全課の吉崎久昭《よしざきひさあき》巡査部長だよ。まだ三十六歳になって間《ま》がなかったみたいだな。刑事が二人も殺されるなんて、どういうことなんだろうか」

「警察嫌いの市民は割に多いんですよね。一般市民に威圧的《いあつてき》な態度で接する連中がいますし、年に三百人前後の悪徳警官が懲戒処分になってます。十数年前に裏金の件でマスコミや市民団体にも叩かれましたんで、警察はすっかり信用を失ってるんでしょう。二人の刑事を殺害した奴は、警察に何か恨《うら》みを持ってるのかもしれませんね。隊長、二人の被害者に何か共通点は？」

「あるんだ」

新津が言葉を切って、言い継《つ》いだ。

「およそ三年前に上野署管内で起きた強盗殺人事件の捜査にどちらも携わってたんだよ。その当時、吉崎久昭は上野署の刑事課にいたんだ」

「本庁の落合刑事は、所轄署に置かれてた捜査本部《チヨウバ》に出張《でば》ってたんですね？」

「そう。上野広小路にある『光輝堂《こうきどう》』という宝飾店に深夜に強盗が押し入り、五億円相当の貴金属を奪って、警備保障会社のガードマンを大型バールで撲殺したんだよ」

「ああ、思い出しました。殺されたガードマンは、確か二十代だったんじゃなかったかな」

「きみが言った通りだ。真鍋雅士《まなべまさし》という名で、享年《きようねん》二十九だった。捜査本部は、『光輝堂』に出入りしてた貴金属卸問屋で働いてた黒木弓彦《くろきゆみひこ》という当時五十歳の営業マンを逮捕した」

「うろ覚えですが、逮捕の決め手は複数の目撃証言だったんでしょう？」

刈谷は確かめた。

「そうだったんだ。ガードマンの死亡推定時刻に『光輝堂』の従業員通用口付近で黒木を見かけたという男女の目撃証言が寄せられたんだよ。証言者同士は接点がなかったが、目撃証言は同じだった。黒木はしきりに周囲を気にしてたらしいし、殺害されたガードマンとは顔見知りだという裏付《ウラ》けも取れた」

「そうでした、そうでした。そんなことから、捜査本部は黒木がガードマンの真鍋に店のセキュリティーシステムを解除させて商品を奪った後《あと》、共犯者を始末したと筋を読んだんでしたよね？」

「そうなんだ。黒木はギャンブル好きで、消費者金融から九百万円ほど金を借りてた事実も調べでわかった。そのことで、黒木に対する疑惑は一段と深まったようだな」

「黒木は起訴され、無期懲役の刑を下《くだ》されたと記憶してますが、服役直後に供述を翻《ひるがえ》したんではありませんか？」

「そうなんだよ。黒木は落合と吉崎に連日のように自供を強要されて、身に覚えのない犯行を認めてしまったと全面否認したんだ。自分は無実なんだからと、再審申し立ての準備をしてたんだよ。しかし、獄中で病死してしまったんだ」

「黒木は急性心不全で亡《な》くなったんでしたよね」

「そう。夫の冤罪《えんざい》を晴らしたくて、奥さんは昼も夜も働き、弁護士費用を工面《くめん》してたんだよ。ところが、半年も経《た》たないうちに、くも膜下《まくか》出血で急死してしまった。二人の遺児は亡父の無実を民間支援団体に訴えつづけてたんだが、すでに黒木は他界してる。そんなわけで、マスコミを動かすことはできなかったんだ」

「二人の子供は無念だったろうな。警察が誤認逮捕したんだったら、当然、恨みを抱くでしょうね。遺児たちは、もう成人になったんですか？」

「兄の黒木恭太《きょうた》は二十四歳で、妹の芽衣《めい》は二十一になってるね。息子は宅配便のドライバーをやってるそうだ。娘はブティックの店員らしいよ」

「初動捜査で、黒木弓彦の子供たちのアリバイは調べたんでしょ？」

「二人のアリバイは完璧《かんぺき》だそうだ。黒木の遺児たちが刑事殺しの実行犯でないことは間違いないな」

「ええ、それはね」

「しかし、新宿署《うち》の持丸刑事課長は黒木兄妹《きょうだい》が金で殺し屋《プロ》を雇った可能性はゼロではないと本多署長に報告してきたそうだよ」

「ちょっと待ってください。宅配便ドライバーとブティック店員が高給を得てるとは思えません」

「そうなんだが、兄妹は家賃の高いマンションに住んでるんだ。何か副収入があるとすれば、第三者に殺人《コロシ》を依頼することは可能なんじゃないのか。持丸課長はそう推測したんだろう」

「でしょうね」

「二人の刑事殺しの事件《ヤマ》は厄介《やっかい》そうなんで、落合殺害事件の初動捜査からチームを出動させてくれないかと密命が下《くだ》ったんだよ。せっかくの休みだが、すぐに署に来てくれないか。ほかの三人のメンバーには、わたしが呼集《こしゅう》をかける」

「お願いします」

「例によって、鑑識写真を含めて初動捜査資料はできるだけ多く集めておく。それじゃ、後ほど！」

新津隊長が通話を切り上げた。

刈谷はベッドから離れ、黒いバスローブをまとった。茜にもっともらしい作り話をして、できるだけ早く自宅を出るつもりだ。

刈谷は寝室を飛び出し、浴室に足を向けた。

3

エレベーターが停止した。

十階だった。新宿署である。時刻は午後四時近かった。

刈谷は函《ケージ》から出て、『潜行捜査隊』の秘密刑事部屋に向かった。捜査資料室は、エレベーターホールから最も離れた場所にある。

出入口の近くに八台のスチール棚が並び、各課担当の事件調書が詰まっている。

捜査資料室を訪れる署員は、それほど多くない。月に、四、五人しか利用者はいなかった。そんなときは、特殊チームの誰かが対応していた。

非公式の刑事部屋は資料フロアの奥にあった。ドア付きのパーティションで仕切られ、三十畳ほどの広さだ。

五卓のスチールデスクが窓側に据《す》えられ、ほぼ中央に八人掛けのソファセットが置かれている。壁際には、銃器保管庫、手錠や特殊警棒などを収めたロッカーが並んでいた。トイレと給湯室は秘密刑事部屋横の奥にある。

刈谷は捜査資料室に入った。

利用者の姿は見当たらない。奥の秘密刑事部屋に移る。

部下の堀芳樹《ほりよしき》巡査部長がソファに腰かけ、ラークを吹かしていた。三十三歳で、独身だ。チーム入りするまで、署の組織犯罪対策課にいた。元暴力団係《マルボウ》刑事だ。

堀は強面《こわもて》で、やくざと間違われることが多い。しかし、彼は裏社会で暗躍している無法者たちを憎んでいる。

というのは、大学生のころに親しくしていた女友達が若い組員たちに輪姦された上、覚醒剤中毒にされたからだ。その彼女は前途を悲観し、服毒自殺してしまった。

そうしたことがあって、堀は警察官になったようだ。本人の希望通りに、二十代の半ばから所轄署でアウトローたちの犯罪を取り締まってきた。

「主任、コーヒー淹《い》れましょうか？」

堀が煙草の火を消し、腰を浮かせかけた。刈谷は手で制して、堀と向かい合う位置に坐った。

「新津さんから二件の刑事殺しのアウトラインは聞いてるな？」

「ええ。これは個人的な意見っすけど、本庁捜一の落合刑事の事件の初動から自分らのチームが嚙むことはないと思うんすよね。だって、市民を脅かしてるのはヤー公《ヤマ》どもなんすから」

「おまえが組員たちの取り締まりに執念を燃やす理由は知ってるが、おれたちは個人プレイは認められてないんだ」

「そうなんすけどね。いまの組関係者はシノギがきつくなってるから、外国人マフィアや半グレ集団と手を組んで悪質な犯罪を重ねてるんすよ」

「そうだな」

「ちょっと頭《ペテン》のいいヤー公は正業を装った投資顧問会社のブラックマネーを新興企業に貸し付けて、巧《たく》みに経営権を乗っ取ってるんすよ。麻薬《ヤク》の密売で、サラリーマンや主婦を廃人にもしてる。二人の刑事が昨夜《ゆうべや》殺られたからって、身内の弔《とむら》い捜査をおれたちにやらせようなんて、本多署長も意外に保守的なんだな。ちょっとがっかりしたっすよ」

「別に署長を庇《かば》うわけじゃないが、身内が二人も命を奪われたからって、おれたちの特殊チームに初動から側面捜査をしろと言ったわけじゃないと思うな」

「そうっすかね」

「本多署長は連続刑事殺しの捜査が難航すると予測したんで、おれたちの出動を早めたんだろう。堀、気が進まないんだったら、今回は抜けてもいいぞ。おれが新津さんにうまく言っといてやる」

「いや、抜けるわけにはいかないっすね。組対《そたい》にいたころ、おれ、違法捜査をやって懲戒免職にされかけたんすよ」

「その話は知ってる。おまえは、家出少女たちを監禁して売春をやらせてたヤー公を半殺しにしちゃったんだよな」

「そうっす。おれ、その準幹部を殺してもいいと思って、とことん痛めつけたんすよ。やり過ぎだと自覚してたんすけど、自制心が利かなくなっちゃったんす」

「新津隊長が庇ってくれたんで、堀は懲戒免職にならずに済んだわけだ」

「そうなんすよ。新津隊長には借りがあるんで、準キャリを困らせるわけにはいかないっすね。おれ、ちゃんとやるっすよ。ぶつくさ言って、悪かったっすね。おれ、短気で単細胞《マルタン》だからな。思ってることをすぐ口に出しちゃうんすよね。悪い癖だな」

堀が自分の額を平手で叩いた。刈谷は微苦笑した。

口許《くちもと》を引き締めたとき、入江奈穂《いりえなほ》巡査長が現われた。

アジトが急に華《はな》やいだ。二十七歳の奈穂は、男たちを振り向かせるような美女である。プロポーションも申し分ない。

奈穂は大学生のころにモデルのアルバイトをしていただけあって、ファッションセンスも光っている。四年前まで高輪《たかなわ》署の鑑識係だったのだが、刑事を志願して新宿署の盗犯係になった。

美人刑事は現場捜査好きで、鑑識知識がある。そのことが評価され、特殊チームに迎えられたようだ。

奈穂は上着とバッグを自分の机の上に置くと、コーヒーメーカーやポットの載《の》っているワゴンに歩み寄った。手早く三人分のコーヒーを淹れ、マグカップを洋盆《トレイ》に移す。

「入江は本当に気が利くな。依願退職して、おれと結婚する?」

堀がいつもの冗談を飛ばした。

「この世に男性が堀さんしかいなくなったら、考えてもいいですよ」

「言ってくれるな。おれって、そんなにダサ男かね?」

「そのスポーツ刈りがよくないのよ。服装選びも問題ね。どうして組員風の身なり《ナリ》をするわけ? ワイルドに見えると思ってるんだろうけど、すごくダサいわ」

「さんざんだな」

「肩をそびやかして蟹股《がにまた》で歩くのも、よくないわね。靴も垢抜《あかぬ》けないわ」

「ほっといてくれ。おれは山形の農家で育ったんだ。東京っ子の入江みたいに垢抜けることは難しいよ」

「育った場所は関係ありません。センスがあるかどうかよ。地方出身でも、お洒落《しゃれ》な人たちはたくさんいるわ」

奈穂が三つのマグカップをコーヒーテーブルの上に置き、刈谷の真横に腰かけた。

「主任の体から、ボディシャンプーのいい香りが漂ってくるわ。非番だったんで、誰かさんと甘やかな一刻《ひととき》を過ごしてたんでしょうね」

「ジェラシーか」

「あら、しょってる。刈谷主任はカッコいいけど、わたしよりも十歳も年上なんですから……」

「恋愛対象にはならない？」

「ええ。それにチームの男性を意識してたら、仕事にならないでしょ？　わたしは隠れ捜査が面白くて、職務に熱中してるんです」

「そうでもないんじゃないのか？」

「え？」

「アラミスのコロンの匂いがするぞ。きのうは、彼氏の部屋に泊まったみたいだな」

「主任、もろセクハラですよ」

「冗談だよ。さっき入江にからかわれたんで、そのお返しさ」

「わたし、からかったんじゃありません。犬ほどじゃないけど、嗅覚が鋭いんですよ。まだ梅雨が明けたわけじゃないから、それほど主任は汗をかかないと思ったんです。外出前にシャワーを浴びたのは、汗をかくような行為をしたと推測したからですよ」

「腕立て伏せを百回やったんだ」

「そういうことにしておきましょうか」

「入江は二年前に商社マンと別れてからは、ずっと彼氏がいないって話だったよな？」

堀がブラックでコーヒーを一口《ひとくち》啜ってから、唐突に訊《き》いた。

「なんか恋愛が面倒臭くなっちゃったの」

「いい傾向だな。入江はおれたち独身署員のマドンナなんだから、ずっと彼氏なんか作るなよ」

「そんなふうにヨイショしてくれるのは、堀さんだけだわ。鑑識係のときも盗犯係のときも上司に逆《さか》らってばかりいたんで、生意気な女と思われてるんでしょうね。警察は男社会だけど、理不尽な思いをさせられたら、黙っちゃいられないわ」

「そういえば、入江は盗犯係のときの飲み会で同僚の男性刑事にビールを注《つ》げと言われて、断固として断ったんだってな。それで、入江に絡んだ係長を捻《ひね》り倒したそうじゃないか。その噂は本当なのか？」

「ええ、事実よ」

「入江は少林寺拳法二段だから、怒らせたら、おっかないな」

「堀、セクハラは慎《つつし》めよ」

刈谷は笑顔で言って、セブンスターに火を点けた。紫煙をくゆらせていると、メンバーの西浦律子《にしうらりつこ》警部補がやってきた。

四十一歳の律子はシングルマザーである。妻子のある男性と大恋愛して、娘を産んだわけだ。高校一年生の娘と世田谷区南烏山《みなみからすやま》にある賃貸マンションに住んでいる。

律子は所轄署の生活安全課を渡り歩いてきた。姐御肌《あねごはだ》で、年下の刑事たちに慕《した》われている。ふだんは中性っぽく振る舞っているが、酔うと、妙に色っぽくなる。その落差が面白い。

「刈谷ちゃん、遅くなってごめん！　毛布とタオルケットを大量に洗っちゃったんで、洗濯物を取り込むのに手間取っちゃったのよ」

律子が言いながら、堀のかたわらに腰かけた。奈穂がさりげなく立ち上がって、ワゴンに歩《ほ》を運ぶ。

「悪いね、奈穂！」

律子が言って、メビウスをくわえた。酒と煙草は男並みに嗜《たしな》む。刈谷は律子と目が合った。先に口を開く。

「西浦さん、娘さんも夏休みに入れば、少しは家事の手伝いをしてくれるでしょ？」

「沙也佳《さやか》はテニス部に入ってるんで、夏休みも練習が朝から夕方まであるのよ。だから、当てにはならないわね。でも、最近は学校の帰りに娘がスーパーで食材を買ってくれるようになったわ」

「それなら、少しは助かりますね」

刈谷は敬語を崩さなかった。律子の職階は下だったが、四つ年上である。ぞんざいな口は利けなかった。人としての礼儀だろう。

「うん、少しはね。だけど、娘が大学を卒業するまでは、わたしが頑張らないとさ」

「父親役もこなさなければならないわけですから、大変でしょうね。でも、西浦さんなら、娘さんを立派に育て上げられると思うな」

「立派に育て上げることはできないだろうけど、娘が社会人になるまでは歯を喰いしばって頑張るわよ。わたしが未婚で勝手に沙也佳を産んじゃったわけだから、できるだけのことはしてあげたいの」

「いいお母さんだな」

「駄目よ、わたしなんか」

律子が照れて、煙草の火を揉み消した。奈穂が律子の前にマグカップを置き、刈谷の隣に坐る。

「きのうの晩、二人の刑事が相次いで殺害されたのは三年前の強盗殺人に起因してるんじゃない？　新津隊長から電話をもらったとき、わたしはそう直感したの」

律子が刈谷に顔を向けてきた。

「そう考えられますよね。強盗殺人事件で起訴された黒木弓彦は本庁の落合警部補と上野署にいた吉崎刑事に誘導されて、嘘の自供を強《し》いられたみたいですから」

「誤認逮捕だったら、警察の恥よね。過去に何十件も冤罪で無実の男女を苦しめたのに、同じ過《あやま》ちを繰り返すなんて情けないな」

「黒木弓彦が潔白だとしたら、捜査当局の失点ですよね」

「再審申し立てはされなかったから、警察はミスを絶対に認めようとしないだろうけど、黒木はシロだったにちがいないわ。そういう隠蔽《いんぺい》体質を改めないと、警察は市民の信頼を取り戻せないと思うよ」

「同感です」

「黒木弓彦は獄中で自殺したわけじゃないけど、警察に殺されたと言ってもいいんじゃない？」

「西浦さん、そこまで言うのはちょっと言い過ぎじゃないっすか？」

堀が異論を唱《とな》えた。

「そうかな」

「黒木は病死だったんすよ。運が悪かったんだと思うっすね」

「堀、そんなふうに考えるのは情《じょう》がなさすぎるよ。黒木弓彦は強盗殺人事件の犯人にされたことがショックで、急性心不全で死んだんでしょう。誤認逮捕されてなかったら、いまも元気で働いてたはずよ」

「そうかもしれないっすけど……」

「堀、反論したいことがあったら、ストレートに言いなさいよ。本音を言わないと、精神衛生に悪いぞ」

「そうっすね。なら、言うっす。黒木がシロだったという確証があるわけじゃないでしょ？」

「うん、それはね。でも、落合、吉崎の両刑事が複数の目撃証言で黒木を真犯人《ホンボシ》と断定して自供を迫ったのは勇み足よ。物的な証拠があったわけじゃないんだからさ」

「だけど、東京地検は黒木を起訴して、無期懲役の刑が下《くだ》ったわけでしょ？」

「警察をはじめ検察や地裁も、過去に幾つか判断ミスをしてるわ。検事や判事がいつも正しいわけじゃないでしょうが！」

「そうっすけど、それで黒木弓彦がシロだったと判断してもいいんすかね。本当はクロだったけど、なんとか罪を逃《のが》れたいと考えて服役後に無実を訴える気になったのかもしれないっすよ」

「わたしも、黒木弓彦が誤認逮捕されたと決めつけるのはまだ早い気がします」

　奈穂が堀に同調した。

「そうかもしれないね。だけどさ、わたしは黒木弓彦は三年前の強盗殺人事件には絡んでないと思うよ。消費者金融に九百万円ほど借金があって返済に困ってたとしても、出入りしてた『光輝堂』に押し入る気になるわけないわ」

「そう思った根拠は何なんですか？」

　刈谷はシングルマザー刑事に問いかけた。

「黒木は、貴金属卸問屋で働いてたのよね。それなら、どの宝飾店もセキュリティーが万全だとわかってたはずよ」

「でしょうね。しかし、黒木弓彦は撲殺されたガードマンの真鍋雅士と親しくしてたらしいんです。黒木が真鍋を唆《そそのか》して、予《あらかじ》めセキュリティーシステムを解除させたと疑えなくもありません」

「黒木はガードマンを仲間に引きずり込んでおいて、五億円相当の商品を盗《ギ》ってから共犯者を大型バールで殴り殺したんじゃないかってことね」

「その可能性はゼロじゃないでしょ？」

「刈谷ちゃんの筋《すじ》読みにケチをつけるわけじゃないけどさ、黒木は堅気だったのよ。犯歴《レツ》を重ねてきた無法者なら、共犯者を殺すかもしれないわね。でもさ、勤め人が切羽詰まったとしても、そこまで非情になれる？」

「多分、なれないでしょうね」

「でしょ？　それからさ、黒木は宝飾品を換金するのは難しいと知ってたはずよ。強奪した指輪、ネックレス、宝冠《ほうかん》なんかを故買屋《こばいや》に持ち込んだら、足がつきやすいわ。ダイヤやルビーをカットしたり、台座のデザインを変えれば、換金は可能でしょうね。だけど、手間がかかるわ。そのあたりのことは、元盗犯係の奈穂が精《くわ》しいと思うの」

　律子が美人巡査長を見た。

「貴金属を扱う仕事に従事してた者は、宝飾品を奪う気にはならないんじゃないかしら？　西浦さんが言ったように、換金がたやすくないから。プロの窃盗犯なら、故買屋に奪った宝飾品をそのまま持ち込んで金に換えるでしょう。でも、堅気はそんな真似《まね》はできません。海外のブラックマーケットに流すルートもないはずです。主任、そうですよね？」

「だろうな。しかし、黒木なら、宝石の加工業者たちと繋がりがある。宝石をカットしたり、台座を別の物にしてネットで販売することはできたんじゃないか？」

「主任、貴金属業界は横の繋がりがあるんですよ。黒木弓彦が盗んだ宝飾品をリフォームしたら、すぐ業界に知れ渡ってしまうでしょう」

「そうなのか。西浦さんが言ったように、黒木が『光輝堂』の貴金属をかっぱらったとは考えにくいな」

「黒木弓彦がシロだったとは断定できないけど、自白を強《し》いられたと考えてもいいと思うわ」

律子が誰にともなく言って、マグカップに口をつけた。堀が長く唸《うな》ったが、言葉は発しなかった。

「黒木が無実だったとしたら、二人の遺児は自白を強要したかもしれない落合警部補と吉崎巡査部長を恨むでしょうね」

刈谷は律子に言った。

「そりゃ、恨むはずよ。でも、隊長の話では正規捜査員たちの初動で黒木恭太と黒木芽衣にはアリバイがあるということだったわ。遺児の二人は、刑事殺しの実行犯じゃないでしょうね」

「兄妹《きょうだい》は高給を得てるわけじゃないのに、家賃の高いマンションで暮らしているという話でした」

「隊長に聞いたところによると、遺児の二人は管理費込みで家賃三十五、六万もする広尾《ひろお》の2LDKのマンション住まいなんだって。何か裏でダーティーなビジネスをして、荒稼ぎしてるのかな。そうだとしたら、誰かに多額の報酬を払って、二人の刑事を始末させた疑いもあるわけか」

「ええ、考えられなくはないですね」

「初動捜査でもう少し手がかりが得られてればいいんだけど」

律子が口を結んだ。

メンバーの間に沈黙が落ちた。それから間もなく、新津隊長がやってきた。

四十三歳で、学者風の風貌だ。準キャリアでありながら、国家公務員総合職試験（旧Ⅰ種）合格者や一般職試験（旧Ⅱ種）合格者の警察官僚たちとは距離を置いている。新津はキャリアや準キャリアの大半が派閥争いに明け暮れていることに呆《あき》れ、彼らを腐敗の元凶とさえ言い切っている。

刈谷たちメンバーは相前後して、椅子から立ち上がって一礼した。

「堅苦しいことはやめてくれないか。それより、みんなを待たせてしまって申し訳ない。一階の署長室で初動捜査資料を受け取る寸前に持丸刑事課長がやってきたんだ」

「それで慌《あわ》てて本多署長は、資料を隠したんですね？」

「そうなんだよ、刈谷君。わたしは持丸警部が署長室から出て行くまで、動くに動けなかったんだ」

「それは焦《あせ》ったでしょう」

「少しね。しかし、持丸課長に怪しまれてはいないだろう」

「それはよかった」

「初動捜査資料をまず読み込んでくれないか」

新津隊長が四冊の青いファイルを部下たちに一冊ずつ手渡し、端のソファに腰を落とした。

刈谷たち四人はそれぞれ着坐し、膝の上でファイルを開いた。フロントページに鑑識写真の束《たば》が挟んであった。

刈谷は、二人の刑事の死体写真を繰りはじめた。

4

捜査資料を読み終えた。

刈谷はセブンスターに火を点けた。本庁捜査一課の落合警部補は昨夜、つまり七月四日に新宿中央公園内の区立中央図書館の裏手で刺殺された。遊歩道には血痕が点々と散っていた。

加害者が熊野《くまの》神社の脇から、十二社《じゅうにそう》通りに出たことは明らかになった。しかし、その後の逃走ルートは不明だ。おそらく犯人は車で現場から遠ざかったのだろう。

血痕は被害者のものだった。遺留足跡で加害者の靴のサイズが二十六センチであることがわかった。だが、全国で二万足以上販売された紐靴《ひもぐつ》だった。履物《はきもの》から刺殺犯を割り出すことはできないだろう。頭髪などは見つかっていない。

新宿署に安置されていた落合の遺体は正午前に東京都監察医務院に運ばれ、司法解剖された。

死因はショック性失血死だった。死亡推定時刻は、七月四日午後十一時五分から同三十分の間とされた。時間帯が短いのは、大学生のカップルの証言があったからだ。

凶器は両刃のダガーナイフと断定された。刃渡りは十五センチ前後と推定された。

新宿署刑事課と本庁機動捜査隊初動班は合同で地取りと鑑《かん》取《ど》りに励んだが、いま現在、有力な手がかりは得られていない。

落合刑事の妻の証言によると、数カ月前から被害者宅に五回、脅迫電話がかかってきたらしい。そのうち一度だけ、夫人が電話口に出た。そのとき、夫はまだ帰宅していなかったそうだ。

脅迫者はボイス・チェンジャーを使い、三年前の強盗殺人事件で黒木弓彦を犯人にした罪は大きいと一方的に喋り、すぐに電話を切ったという。発信場所は公衆電話だった。夫人は被害者に脅迫者に思い当たる人物はいないかと訊《き》いたそうだが、無言だったらしい。渋谷区内で殺された四谷署の吉崎刑事の事件の初動捜査情報も、本多署長が取り寄せてくれた。

吉崎が投げ落とされた雑居ビルは道玄坂《どうげんざか》二丁目にある。六階建てで、司法書士事務所、法律事務所、非営利団体の事務局などが入居している。

出入りは自由で、誰でも屋上に上がれる造りになっていた。防犯カメラは設置されていない。

吉崎が犯人と思われる者と雑居ビルに入っていく姿を目撃した人間はひとりもいなかった。だが、近くにある小料理屋の女将《おかみ》が屋上で二つの人影が揉み合っている場面は目にしていた。

彼女は一一〇番するため、自分の店に走り入った。その数秒後、通りで落下音がした。女将は急いで外に出た。

すると、被害者が路上に俯《うつぶ》せに倒れていた。首が奇妙な形に折れ曲がっていて、身じろぎ一つしない。女将は、すぐさま事件通報した。

吉崎刑事はすでに心肺停止状態だったが、ただちに救急病院に担《かつ》ぎ込まれた。しかし、蘇生《そせい》することはなかった。

吉崎の亡骸《なきがら》は、きょうの正午過ぎに大塚にある東京都監察医務院で司法解剖された。死因は脳挫傷《のうざしょう》だった。頸骨《けいこつ》も折れていた。死亡推定時刻は前夜十一時四十分前後とされた。

渋谷署刑事課と本庁機動捜査隊初動班は聞き込みを重ねた。事件の目撃者は、小料理屋の女将だけだった。彼女は加害者の顔をはっきりとは見ていない。年恰好《としかっこう》さえわからないと証言している。

ただ、初動捜査で吉崎刑事の自宅にも三度ほど脅迫電話がかかってきた事実がわかった。脅迫内容は、落合のケースとまったく同じだった。二件の殺人は同一人による犯行だろう。

「二人の刑事宅に脅迫めいた電話をしたのは、三年前の強盗殺人事件に関わりのある人物だろうね」

新津隊長が刈谷に話しかけてきた。

「黒木弓彦の息子が父親を強盗殺人犯にしたことを恨んで、二人の刑事宅に犯行予告の電話をかけたんでしょうか」

「落合宅と吉崎宅は脅迫電話の音声を録音していなかったから断定はできないが、脅迫者は妹の芽衣だったのかもしれないよ。ボイス・チェンジャーで声質を変えれば、性別もごまかせる」

「そうですね」

「黒木兄妹は借金して、代理殺人を依頼したんだろうか。それとも、何か裏ビジネスで殺しの報酬を工面したのか」

「まだ何とも言えませんね」

「二人も殺し屋《プロ》を雇ったら、足のつく恐れがある。黒木弓彦の遺児たちが第三者に殺人《コロシ》を依頼したとしても、実行犯はひとりだったんだろう。そいつは先に新宿中央公園で落合警部補を片づけ、車で渋谷に移動した。そして、四谷署の吉崎巡査部長を雑居ビルの屋上から投げ落としたんじゃないのかな」

「時間的には、二件の犯行は可能でしょう。深夜なら、新宿から渋谷までは車で二十分も飛ばせば……」

「そうだね。持丸刑事課長は黒木兄妹が自分らのアリバイを用意しておいて、第三者に二人の刑事を殺《や》らせたと筋を読んでるようだが、大筋はその通りなんだろうな」

「確かに黒木兄妹には疑わしい点がありますが、強盗殺人事件が起きたのは三年も前なんです。遺児たちが死んだ父親の恨みを晴らすなら、もっと早く二人の刑事に報復するんじゃないですかね」

刈谷は素朴な疑問を口にした。

「当然、そうしたかっただろうな。しかし、父親が亡くなって半年かそこらで殺し屋に落合と吉崎を葬《ほうむ》らせたら、遺児たちは怪しまれやすいじゃないか」

「それで、わざと三年待ったんでしょうかね」

「あるいは、殺しの報酬をすぐには調達できなかったのかもしれないぞ。ああ、そうなんだろう」

「そうなんでしょうか」

「きみの筋読みを聞かせてくれないか」

新津が律子に意見を求めた。

「三年前の事件で落合、吉崎の両刑事が目撃証言を重視して黒木弓彦を犯人と断定し、自供を強要したんだったら、冤罪ですよね。ですけど、そうだったのかどうかはまだはっきりしてません」

「そうだね」

「新津隊長、三年前の強盗殺人事件をうちのチームで洗い直してみませんか。そこからスタートしないと、真相に迫ることはできないのではありません？」

「西浦さん、さすがだね。きみの言った通りだ。急いで三年前の事件調書を取り寄せよう」

「お願いします。黒木弓彦がガードマンだった真鍋雅士を仲間に引きずり込んだとは思えないんですよ。真鍋は別の人間を手引きしたとは考えられないかな」

「うーん、それはどうだろうか」

「刈谷ちゃんは、どう思う？」

律子が問いかけてきた。

「三年前の事件調書を読み込まないと、推測のしようがないですね。ただ、ガードマンが金に困ってたとしたら、強盗犯を手引きした可能性もあるかもしれません」

「だとしたら、真鍋はうまく利用されて消されたんじゃないのかな。真鍋を手引きした相手は黒木弓彦と知り合いで、事件当夜、『光輝堂』にわざと呼びつけたんじゃない？　真鍋と黒木がつるんでると見せかけたくてさ」

「それ、考えられなくはないですね」

「あっ、もしかしたら……」

突然、堀が大声を発した。

「どうした?」

「主任、黒木兄妹は三年前の強盗殺人の真犯人《ホンボシ》を三年かけて突き止めたんじゃないっすかね。で、二人は父親を冤罪で苦しめた二人の刑事を第三者に殺《や》らせる気になったのかもしれないっすよ」

「だとしたら、遺児たちは警察に真犯人を割り出したことを教えるだろうが?」

「兄妹は警察を敵視してるんで、犯人の名を教える気にならなかったんじゃないっすか?」

「そうなんだろうか。入江はどう筋を読んだ?」

刈谷は奈穂に顔を向けた。

「黒木兄妹が事件の真犯人を見つけ出せるとは思えません。どちらもまだ若いし、捜査の仕方もわかってないはずですから」

「二人は元刑事か、元検察事務官の調査員に事件の犯人捜しを依頼したのかもしれないぞ」

「あっ、そうですね。そういうことなら、黒木弓彦の遺児たちが事件の真犯人を知ることは可能だわ」

「仮に兄妹が調査員か探偵に真犯人を突き止めてもらったら、そいつも赦《ゆる》せないと思うはずだ。誤認逮捕をした警察に恥をかかせてやりたいという気持ちよりも、父親を陥《おとしい》れた真犯人を憎いと感じるだろう」

「ええ、そうでしょうね。そうなら、黒木兄妹は二人の刑事を殺させる前に真犯人を殺し屋《プロ》に片づけさせそうだな」

「そう思うね。ところが、それらしい殺人事件は発生してない。もしかしたら、まだ事件が発覚してないだけなんだろうか」

「そのことも含めて情報を集めてみよう」

　新津が口を挟んだ。

「お願いします。さて、チームはどう動きましょうか」

「二手に分かれて、まず兄妹が何か副収入を得てるかどうか調べてくれないか」

「わかりました。おれは堀と一緒に黒木恭太の同僚たちに探《さぐ》りを入れてみます。女性コンビには、妹の同僚や友人に改めて聞き込みをしてもらいます」

「聞き込みが終わったら、刈谷・堀コンビは上野の『光輝堂』に行ってほしいんだ。事件後に店内改装はしたが、同じ場所で営業してるはずだよ」

「了解しました。まず宇佐美《うさみ》昌也《まさや》社長に会ってみます」

「社長は午後にはたいがい店に出てるそうだから、多分、話を聞くことはできるだろう。

ただの聞き込みだから、きょうは四人とも丸腰でいいだろう？　拳銃を携行《けいこう》したいんだったら、銃器保管庫のロックを解除するが……」

「丸腰で結構です」

刈谷は言った。

一般の制服警官たちには、S&WのM360が貸与されている。通称サクラだ。刑事にはシグ・ザウエルP230JPが支給される。公安刑事や女性刑事には、小型自動拳銃が与えられることが多い。

刈谷たち四人には、シグ・ザウエルP230JPが貸与されている。

日本でライセンス生産されているダブルアクションの中型ピストルだ。マガジンには七発の実包《じっぽう》が入るが、予《あらかじ》め初弾を薬室に送り込んでおけば、フル装塡数は八発である。ライフリングは六条の右回りだ。グリップの左側上部に手動式の安全装置が装備されている。

「携行するのは特殊警棒と手錠だけでいいね。わたしはアジトにいるから、各班、報告を上げてくれないか」

新津隊長が目顔《めがお》で促《うなが》した。

刈谷たち四人はソファから立ち上がり、おのおの自席に向かった。

メンバーは自分の机の引き出しから特殊警棒と手錠を取り出し、腰に装着した。チームは黒いスカイラインと灰色のプリウスを捜査に使っていた。

車の鍵《キー》は主任の刈谷が保管している。最上段の引き出しから二台の車のキーを抓《つま》み出し、ドライバーを担当している堀と奈穂に手渡す。

「行ってきます」

刈谷は三人の部下を従えて、秘密刑事部屋を出た。四人はエレベーターで地下一階の車庫に下《くだ》った。

堀がスカイラインに駆け寄り、運転席に乗り込んだ。奈穂もプリウスの車内に入る。

「捜査本部《チョウバ》が設置される前に、初動で事件を落着させたいね。刈谷ちゃん、頑張ろう！」

律子が言って、プリウスに走り寄った。

刈谷はスカイラインの助手席に腰を沈めた。プリウスが先に発進した。黒木芽衣が働いているブティックは代官山《だいかんやま》にある。

「捜査資料によると、黒木恭太が勤めてるヤマネコ運輸の高田馬場営業所は、明治《めいじ》通りと早稲田《わせだ》通りがクロスするあたりにあるはずっす」

堀がそう言いながら、スカイラインを走らせはじめた。

「黒木恭太の勤務先の近くで、正規捜査員が張り込んでるかもしれないな」

「そうだったら、どうするんすか？」

「その場合は、先に『光輝堂』に行こう」

「了解っす。宅配便ドライバー仲間たちは、黒木が妹と一緒に広尾の高い賃貸マンションに住んでることを知ってるんすかね？」

「ドライバー仲間には住まいのことを詳しく喋ってなくても、営業所長や上役は黒木恭太の自宅を知ってるだろう」

「そうでしょうね。なら、宅配便ドライバー仲間たちも広尾のマンションのことを知ってるんじゃないっすか」

「多分な」

刈谷は口を閉じた。

スカイラインは青梅街道から靖国《やすくに》通りをたどって、明治通りに出た。そのまま道なりに進むと、やがて早稲田通りにぶつかった。黒木恭太の勤め先は、交差点の百数十メートル先にあった。左側だ。

刈谷は、フロントガラス越しに周《まわ》りを見回した。覆面パトカーは一台も目に留《と》まらなかった。

「張り込みは解除されたんすかね。それとも、刑事課の連中は近くに借り上げたマンションかアパートの空き部屋から、対象者《マルタイ》の動きを探ってるのかな」

「それはわからないが、営業所の脇道に車を入れてくれ」

「了解っす」

堀が指示に従った。スカイラインが営業所のコンクリート塀の際《きわ》によせられる。

刈谷は先に車を降りた。すぐに堀が倣《なら》う。

「道路の向こう側の建物のどこかに刑事課の人間がいたとしても、そこからおれたちの姿は見えないだろう。塀を乗り越えて、営業所の敷地内に入るぞ」

「えっ⁉　まだ残照で明るいっすよ。誰かに見られるかもしれないから、無断侵入はまずいでしょ？」

「誰かに見咎《みとが》められたら、警察手帳《チヨウメン》を見せればいいさ。おれたちは偽刑事じゃないんだ。びくつくことはない」

「主任は不良っすね。けど、おれ、無頼刑事《デカ》にはちょっぴり憧《あこが》れてるんすよ。もともと優等生じゃないっすから」

「おまえはやの字にしか見えないよ」

「警察官《サツカン》っすよ、自分は」

堀が口を尖《とが》らせた。

刈谷は小さく笑って、万年塀を乗り越えた。塀もコンクリート塀を跨《また》ぐ。誰にも気づかれなかった。

奥まった所に事務棟があり、その左側手前に集配センターが見える。宅配便トラックが三台並んでいた。

刈谷たち二人は集配センターに足を向けた。

と、センターから宅配便トラックの運転手が出てきた。三十歳前後だった。

「仕事中に申し訳ないが、ちょっと捜査に協力してほしいんだ」

刈谷は相手に声をかけて、ＦＢＩ型の警察手帳を短く呈示《ていじ》した。身分証明書はよく見えなかったにちがいない。堀は目礼しただけだった。

「営業所の誰かが何か危《ヤバ》いことをやったんですか？」

「そういうわけじゃないんだ。ただの聞き込みだよ。きみの同僚の黒木恭太さんのことなんだが……」

「黒木は真面目な男ですよ。もう両親が亡くなってるんで、三つ違いの妹の面倒を見てるんです。彼が犯罪に手を染めるなんて考えられませんよ」

「そう。黒木さんは、もう営業所に戻ってるのかな？」

刈谷は畳みかけた。

「いいえ、まだです。彼はみんなよりも多く荷を積んでるんですよ。それだから、営業所に戻ってくる時刻がいつも遅いんです」

「家賃の高いマンションに住んでるから、せっせと稼いでるんだろう」

「広尾のマンションは家賃が高いようだけど、おふくろさんが二つの生命保険に入ってたんで、亡くなったときに五千万円以上の保険金が下《お》りたという話でしたよ。だから、高い家賃でも払えるんでしょう」

相手が言った。刈谷はあえて何も言わなかったが、訝《いぶか》しく思っていた。

兄妹の母親は夫の弁護士費用を工面するため、昼も夜も働いていたはずだ。高額な保険料を払うだけの余裕があったとは考えにくい。黒木恭太は同僚たちに不審がられることを恐れ、作り話をしたのではないか。

「黒木さんが何か副収入を得てるという噂もあるんだよな」

堀が鎌をかけた。

「彼、ほかにバイトなんかしてませんよ」

「ネットを使って、何か売ってるんじゃないのかな。たとえば、オリジナルプリントのTシャツとか、ブランド物の中古品をネット販売してるとかさ」

「黒木はパソコンはいじれるけど、それほど得意じゃないですよ。おっと、留守だった家々をもう一度訪ねなきゃ……」

ドライバーが腕時計を見やって、慌《あわ》ただしく自分のトラックに乗り込んだ。刈谷たちは物陰に隠れて、集配センターから従業員が現われるのを待った。

しかし、数十分待っても誰も出てこない。刈谷たちは諦《あきら》め、スカイラインの中に戻った。

「母親の生命保険金が兄妹に入ったんで、広尾の高いマンションに住んでるんすかね？」

「おそらく生命保険の件は作り話だろう」

刈谷は、そう思った理由を述べた。

「弁護士費用を工面するため、遺児の母親はせっせと働いてたんすよね。主任が言ったように、保険料をかけつづける余裕なんかなかっただろうな」

「兄妹は何らかの副業で割に稼いでるんだろう。それは、法に触れるダーティー・ビジネスなんじゃないのか」

「そう考えてもよさそうっすね」

堀がスカイラインのエンジンを始動させた。

そのすぐ後《あと》、刈谷の上着の内ポケットでポリスモードが着信音を発した。発信者は入江奈穂だった。

「いま少し前に黒木芽衣の同僚店員たちから話を聞いたんですけど、兄妹はネットで何かを販売してるみたいなんですよ。何を売ってるのかまでは同僚たちは知らないと口を揃えてましたけど」

「そうか」

「先々月、芽衣は仕事でミスをして店長に叱られたそうなんです。そのとき、彼女は同僚のひとりに自分は働かなくても食べていけるとうそぶいてたらしいんですよ。主任、黒木兄妹は何かで副収入を得てるんだと思います」

「そうなんだろう」

刈谷は、黒木恭太の同僚から聞いた話をかいつまんで話した。

「そういうことなら、副業で割に稼いでるんでしょう」

「隊長に中間報告したら、西浦さんと一緒に少し芽衣の動きを探《さぐ》ってみてくれ」

「わかりました」

奈穂が電話を切った。刈谷は刑事用携帯電話を二つに折って、スカイラインを上野に向けさせた。

目的の宝飾店を探し当てたのは二十数分後だった。いつしか夕闇が濃くなっていた。

『光輝堂』は三階建てで、一、二階が店舗になっていた。最上階には事務フロアと社長室があった。

刈谷・堀コンビは新宿署の刑事課の刑事になりすまして、宇佐美社長に面会を求めた。少し待つと、四十絡《がら》みの男性店長に刈谷たちは社長室に案内された。

四十八歳の宇佐美はハンサムで、ダンディーだった。ヘアトニックとコロンの匂いを漂わせていた。刈谷たち二人は総革張りのベージュのソファに並んで腰かけ、向かい合った宇佐美に前夜に殺された落合刑事の事件を担当していると明かした。もちろん、特殊チームのメンバーであることは黙っていた。

「何者かに刺殺された落合という警部補には、三年前の強盗殺人事件でお目にかかってます。それから、昨夜《ゆうべ》渋谷で雑居ビルから投げ落とされて亡くなった四谷署の吉崎刑事とも面識がありますよ」

「その当時、吉崎巡査部長は上野署の刑事課にいたんだったな」

刈谷は呟いた。

「そうなんですよ。落合、吉崎の両刑事は店に出入りしてた貴金属卸問屋の営業マンだった黒木弓彦さんを状況証拠だけで逮捕して、地検に送致したんです。『光輝堂』の従業員通用口付近で黒木さんが不審な動きを見せたという複数の証言があったとはいえ、ずいぶん乱暴な話ですよね。一部のマスコミが誤認逮捕ではないかと報じましたが、結局、黒木さんは起訴されて有罪判決が下されました」

「ええ、そうでしたね。しかし、黒木さんは自供は二人の刑事に強要されたと言《げん》を翻《ひるがえ》しました。再審申し立てをする前に、受刑者は獄中で病死してしまった」

「無念だったと思いますよ、冤罪だったんでしょうから」

「宇佐美さんは、犯人は黒木弓彦さんではないと思ってらっしゃるんですね？」

「ええ。黒木さんはギャンブル好きで借金もあったようですが、宝飾店に押し入るわけありませんよ」

「なぜ、そう思われるんす？　いえ、思われるのでしょう？」

堀が言い直した。くだけた喋り方では礼を欠くことに気づいたのだろう。

「宝飾品を強奪しても、換金が難しいんですよ。貴金属卸問屋に勤めてた黒木さんはそのことを一番よく知ってたはずです。それに、彼は東西警備保障の真鍋君と親しくしてたんですよ。そんなガードマンを殺すわけありません」

「真鍋雅士さんが金に困ってたなんて噂は耳に入ってませんでした？　あるいは、柄の悪い連中とつき合ってたなんて話を聞いたことはなかったでしょうか？」

「そういう噂はまったく耳に入ってなかったですね」

宇佐美が即答した。堀が口を閉じる。

「黒木さんの遺児のことはご存じですか？」

　刈谷は社長に質問した。

「会ったことはありませんが、二人の子供たちが警察のずさんな捜査に腹を立ててるという話は人伝てに聞いてました。怒るのは当然でしょうね。黒木さんは凶悪事件の犯人にされて、憤死《ふんし》したわけですから。あっ、もしかしたら、警察は黒木さんの子供たちが二人の刑事殺害事件に関与してると疑ってるんでしょうか？」

「息子さんと娘さんにはアリバイがありますから、直《じか》に手を下《くだ》してないことは確かでしょう。しかし、犯行動機がないとは言えません。穿《うが》った見方をすれば、兄妹が第三者に二人の刑事を抹殺してくれと頼んだとも疑えます」

「まだ若い二人がそんな非情な考えを持つわけありません」

「そう思いたいですね」

「まさかあの男がわたしの商売を妨害する目的で、三年前の事件を……」

　宇佐美社長が言い澱《よど》んだ。

「社長、あの男とは誰のことなんです？　犯人に心当たりがあるんでしたら、教えてくれませんか」

「いいでしょう、話します。三年四、五カ月前に元やくざの故買屋の三宅睦夫《みやけむつお》という男がわたしの女性スキャンダルの証拠を握ったと脅迫してきて、売り捌《さば》けなかった盗品の貴金属の大量買い取りを迫ってきたんですよ」

「で、どうされたんです？」

「ああいった輩《やから》の言いなりになったら、骨までしゃぶられることになります。だから、わたしは毅然《きぜん》と断りました。すると、三宅は怒り狂って『商売できないようにしてやる』と凄んだんです」

「その故買屋が手下か誰かに『光輝堂』さんに押し入らせて、五億円相当の商品を盗み出したんでしょうか。実行犯は逃げる前にガードマンの真鍋さんに見つかったんで、大型バールで頭部を何度も強打したんですかね？」

「三宅はものすごい剣幕で怒ってましたから、ただの威《おど》しじゃなかったのかもしれないな」

「いまになって、二人の刑事が同じ夜に殺されたのはどういうことなんだろうか」

「刑事さん、落合警部補と吉崎巡査部長は黒木さんは無実だと思い当たって、二人で非公式に三年前の強盗殺人事件を調べ直してたんではありませんかね。それで、事件の真の主犯は故買屋の三宅だと突き止めたのかもしれませんよ」

「それだから、三宅は焦って二人の刑事を亡き者にする気になったんだろうか」

「そうストーリーを組み立てれば、ほぼ説明がつくでしょ?」

「少し三宅睦夫を調べてみましょう」

刈谷は宇佐美に言って、堀の脇腹を軽くつついた。二人は、ほとんど同時にソファから立ち上がった。

第二章　不審者たち

1

奥のテーブル席が空《あ》いていた。

JR御徒町《おかちまち》駅の近くにあるトンカツ屋だ。春日《かすが》通り沿いにあった。

刈谷たち二人は、奥のテーブルについた。『光輝堂』を出ると、相棒の堀が空腹感を訴えた。まだ六時を回ったばかりだったが、早めに夕食を摂《と》ることにしたのだ。

店の女性従業員が日本茶を運んできた。二人は、ともにカツ定食を注文した。

「ご飯、大盛りにしてもらえますか」

堀が恥ずかしそうな顔で言った。彼は大食漢だった。

ロースカツも一人前では足りないだろう。チームの捜査費に制限はなかったが、食事代はむろん各自の負担だ。従業員が下がった。

「堀、カツをもう一枚頼めよ。おれが奢《おご》ってやるからさ」

「いいっすよ。少し減量しないと、フットワークが重くなっちゃうっすから。それより、隊長に三宅睦夫の犯歴を照会してもらうっすね」

「ああ、頼む」

刈谷は緑茶を啜《すす》って、セブンスターに火を点けた。

堀が刑事用携帯電話《ポリスモード》で、新津隊長にA号照会を依頼した。本人が警察庁に照会することはできる。だが、喰い物屋から問い合わせるわけにはいかない。

指紋識別システム《AFIS》は、警察庁刑事局鑑識課指紋センターが管理している。およそ八百万人分の指紋がA、B、Cに分類され、磁気ディスクに保存されていた。

Aファイルは、犯罪者や身許不明死体の指紋が登録されている。両手の人さし指の指紋照会に活用されていた。Bファイルには、犯歴がファイルされている。最終犯歴から十六年未満がB1《ワン》で、殺人などの凶悪犯はB2《ツー》というふうに分けられていた。Cファイルに登録されているのは、いわゆる遺留指紋だ。

指紋照会は一、二分しか要さない。堀が短い沈黙を破った。

「前科《マエ》を四つもしょってたんすね。組員時代に三つ、故買屋になってから一つっすか」

「………」

通話相手の新津の声は、刈谷の耳には届かない。

「三宅の自宅兼オフィスは、豊島区駒込《こまごめ》七丁目二十×番地っすね？　奥さんとは数年前に離婚して、独り暮らしなのか。五十五っすね？　はい、顔写真《ガンクビ》はメールで送っていただければ……」

堀が小声で喋り、いったん通話を打ち切った。数十秒経《た》つと、堀のポリスモードに写真メールが送信されてきた。

刈谷は前屈《まえかが》みになって、相棒のポリスモードのディスプレイを覗《のぞ》いた。三宅は典型的な悪人顔だった。額が極端に狭く、三白眼《さんぱくがん》だ。歪《ゆが》んだ唇は薄い。

「三宅は俠和会《きょうわかい》石井組《いしいぐみ》の舎弟頭補佐時代に上納金の一部をネコババして、破門されたそうっす。その後は盗品を安く買い叩いて、転売してるようっすね」

「そうか」

「隊長は三年前の強盗殺人事件の関係調書を取り寄せて、目を通したと言ってたっすよ。主任、隊長に電話したほうがいいんじゃないっすか」

堀が言った。

刈谷は顎《あご》を引き、椅子から立ち上がった。店の外に出て、新津に電話をかける。

「ご苦労さん！　『光輝堂』の宇佐美社長が故買屋の三宅に凄《すご》まれたって話は、堀君から聞いたよ。しかし、三宅は二人の刑事殺しには関わってないだろう？」

新津が訊《き》いた。刈谷は自分の推測を手短に伝えた。

「そういうことなら、三宅も怪しいね。強盗殺人事件の首謀者が自分だということを落合と吉崎に覚《さと》られたとしたら、身の破滅だからな」

「ええ」

「ただ、三年前の事件調書を読んだ限りでは、二人の刑事は黒木弓彦を真犯人《ホンボシ》と確信してる感じだったんだよ。そんな二人が誤認逮捕だったかもしれないと考え、事件の真の犯人を割り出そうとするだろうか。冤罪《えんざい》を生み出したことが表沙汰《おもてざた》になったら、落合と吉崎は職を失うことになるじゃないか」

「そうですね。しかし、良心の欠片《かけら》が残ってたら、警察官として真実から目を逸《そ》らすことはできないでしょう？　仮におれが誤認逮捕をしたら、殺人犯扱いした者に償《つぐな》いたいと考えると思いますよ」

「刈谷君なら、職を失うことになっても、真犯人を探し出すだろうな。しかし、ほとんどの警察官は自己保身が強い。権力者におもねって、弱者には居丈高《いたけだか》になる人間が多いじゃないか」

「ええ、確かにね」

「ノンキャリア組もそうだが、準キャリアやキャリアたちは上昇志向が強い腰抜けばかりだ。だから、わたしは誰にも連帯感を持てなくなったんだよ。空疎《くうそ》な人間関係に絶望したんで、投げ遣《や》りになってしまった。しかし、巨大な組織の腐敗をそのままにしておいたら、わたし自身までクラゲみたいな人間に成り下がってしまう。それでは、国民の血税を無駄遣《づか》いしたことになる」

「そうですね」

「だから、本多署長が特殊チームを非公式に設けるという話に賛同して、協力する気になったんだよ。いつまでもキャリア支配の縦割りシステムがつづいてたら、税金を有効利用はできない。堕落した巨大組織に誰かが風穴を開けないとな」

「同感です」

「話を脱線させてしまったね。一応、三宅睦夫も揺さぶってもらおう」

「わかりました」

「ガードマンだった真鍋雅士の交友関係なんだが、悪い連中との繋《つな》がりはなかったね。調書から、真鍋が地道に生きてたことはうかがえたよ。顔見知りだった黒木弓彦に唆《そそのか》されて、共謀したとは考えられないな」

「そうでしょうね。黒木が犯行を自供したのは逮捕されてから、どのくらい経《た》ってからだったんです？」

「勾留期限ぎりぎりの二十三日の午前中だよ。黒木は連日、厳しく取り調べられて、精神的にまいってたんだろうね。それで、身に覚えがないのに、『光輝堂』に押し入ってガードマンの真鍋を撲殺したと嘘の自供をしてしまったんだろう」

新津が言って、吐息をついた。

「その後、西浦・入江班から何か報告がありました？」

「いや、特にないな。二人は、黒木芽衣が働いてるブティックを張り込んでるんだろう。そうじゃなければ、兄妹が住んでる『広尾アビタシオン』の入居者から情報を集めてるにちがいない」

「でしょうね。夕飯を喰《く》ったら、おれたち二人は三宅に接触します」

刈谷は通話終了キーを押した。

次の瞬間、ポリスモードの着信ランプが瞬《またた》いた。発信者は西浦律子だった。

「何か収穫があった？」

「ええ、少しね」

刈谷は、宇佐美から聞いた故買屋のことを伝えた。三宅を怪しんだ理由も話した。

「元やくざの故買屋なら、腹いせに配下の者を『光輝堂』に押し入らせるかもしれないね。けどさ、ガードマンまで殺《や》らせるかしら？　三宅は、殺人《コロシ》が割に合わないことを知ってるはずよ」

「実行犯が真鍋に見つかって焦り、とっさに持ってる大型バールで……」

「頭を何度もぶっ叩いちゃったのかな」

「そうなんでしょう。三宅は危《ヤバ》いと思って、実行犯を国外に高飛びさせたんじゃないのかな」

「高飛《ジャンプ》びさせてるとしたら、台湾、フィリピン、タイ、マレーシアあたりだろうね」

「そうでしょう。西浦さん、黒木芽衣が気になる人物と接触したんですか？」

「ううん、そうじゃないの。まだ芽衣は店で接客してる。ブティックの閉店時間は午後九時なんで、わたしたちは広尾の自宅マンションに行ったのよ。それで入居者たちから聞き込みをしたの」

「収穫があったんですね？」

「そう言ってもいいのかな。週に二回ぐらい、芽衣は出勤前に宅配便を受け取ってるらしいのよ。それでね、兄貴が定期的に郵便小包の入ったビニール袋を持って深夜に出かけてるんだって。郵便局の本局なら、二十四時間、速達や書留を受け付けてくれるわよね？」

「ええ」

「奈穂とわたしは、黒木兄妹が何かネットで売ってるんじゃないかと推測したの。ビンゴじゃない?」

「そうなのかもしれませんね」

「芽衣が出勤前に受け取ってるのは、児童ポルノの類《たぐい》なんじゃないかな。ロリコン男が多いみたいで、十一、二歳の女の子の本番映像は高く売れるらしいから」

「そういった物をネット販売してるんだったら、淫《みだ》らな映像を自分たちで大量にダビングするでしょ? 転売だけでは、荒稼ぎできませんから」

「そっか、そうだろうな。兄妹は何かを仕入れて、売り捌《さば》いてるんでしょうね」

「だと思います。西浦さんたちは、芽衣の動きを探りつづけてください」

「わかったわ」

律子が電話を切った。刈谷は刑事用携帯電話《ポリスモード》を上着の内ポケットに戻し、店の中に引き返した。

カツ定食は届けられていた。堀は箸《はし》を取らないで待っていた。

「先に喰ってれば、よかったのに。腹空いてるんだろ?」

「そうっすけど。一応、主任はおれの上司っすから」

「一応か」

「いっけねえ。他意はなかったんすよ。一応っていうのは、単なる口癖《くちぐせ》っす。あまり気にしないでください」

堀が、ばつ悪げに言った。刈谷は苦笑して、椅子に坐《すわ》った。

二人は、ほぼ同時に割り箸を手に取った。ロースカツは薄っぺらだったが、マカロニサラダとキャベツの量は多かった。香の物と味噌汁付きで八百円なら、決して高くはないだろう。

「三宅をどんな手で揺さぶるんすか？」

堀が飯を口一杯に頰張りながら、問いかけてきた。

「少し前に思いついたんだが、おれたちは関西の故買屋に化けよう」

「マジっすか⁉」

「時価三億円のピンクダイヤを売りたいって偽の取引話を持ちかけるんだよ。よく知ってる泥棒《ノビシ》が芦屋《あしや》の豪邸に忍びこんで盗《ギ》ったことにしよう」

「盗品を関西のブラックマーケットに流すと、足がつくかもしれないんで、関東の同業者に引き取ってもらいたいって嘘の商談を持ちかけるわけっすね？」

「ああ、そういう筋書きにしよう」

「三宅、乗ってくるっすかね？」

「二千万で引き取ってもらいたいと言えば、多分、引っかかってくるだろう。三宅が駆け引きするようなら、一千万でもかまわないと言えば……」

「すぐに値を半分に下げるのは、まずいっすよ。三宅に警戒心を持たれるんじゃないっすか」

「そうだろうな」

「主任、値は千五百万円に下げることにしたほうがいいっすよ。そのほうがリアリティーがあるでしょ？」

「よし、三宅が興味を示さなかったら、二千万を千五百万に下げよう」

「故買屋《ヤサ》の家の住所はわかってるっすから、固定電話のナンバーは造作なくわかるっすね。けど、携帯やスマホを使うのは避けましょう。その気になれば、簡単に発信者を調べることができるっすから」

「もちろん、公衆電話を使って三宅に取引を持ちかけるつもりさ」

「釈迦《しゃか》に説法だったすね。で、取引場所はどこにするっす？　三宅の自宅兼事務所はちょっと危険な気がしますね。元ヤー公だから、拳銃《チャカ》か日本刀《ポントウ》を隠し持ってると思われるっすから。それに、荒っぽい奴らがいるかもしれないでしょ？」

「ホテルの一室か人気《ひとけ》のない場所を指定したら、かえって怪しまれるだろう。三宅のアジトに行こうや。相手が銃刀を取り出したら、こっちも暴れやすいじゃないか」

「そうっすね。法律の向こう側でダーティーなことをやってる連中なら、いつもの反則技を使っても、まさか警察には泣きつかないでしょう。ハードに締めつけますか」

「そうしよう。一般市民が捜査対象者なら、証言や証拠を積み重ねて追及するんだが、故買屋はアウトローだからな。無法者たちには法やモラルは通じない」

「ええ。それに、初動で事件をスピード解決させるにはあまり時間がないっすから、違法捜査も仕方ないっすよ」

「自慢できることじゃないがな」

刈谷は自嘲して、箸を使いつづけた。

やがて、二人はカツ定食を平らげた。一服してから、割り勘で支払いを済ませる。スカイラインは、店の専用駐車場に駐《と》めてあった。

刈谷は車内に乗り込むと、ＮＴＴの番号案内係に三宅の自宅の電話番号を教えてもらった。

「電話ボックスが見つかったら、車を横につけるっす」

堀がそう言い、スカイラインを走らせはじめた。

数キロ先に電話ボックスがあった。刈谷は車を降り、電話ボックスの中に入った。三宅の電話を鳴らす。

コールサインが六、七度響き、男が受話器を取った。その声は、もう若くない。故買屋本人だろう。

「わし、大阪に住んどる藤本《ふじもと》いう者です。三宅睦夫さんやね？」

刈谷は、いい加減な関西弁を操《あやつ》った。東京育ちの自分には、大阪弁と神戸弁の微妙な違いはわからなかった。大阪弁と京都弁も正確には区別できない。

「三宅だが、おたくは？」

「同業者ですねん。時価三億円のでっかいカラットのピンクダイヤを処分できんで、頭を抱えよるんですわ。名うての泥棒《ノビシ》が芦屋の社長宅から盗《ギ》った品物《ブツ》なんやけど、関西で転売したら、足がついてまうでしょ？」

「上物じゃないか」

「わし、換金を急いどるんですわ。掛け値なしで、一千万で引き取ってもらえんやろうか。実はわし、助手と一緒に東京におるんですわ。三宅さん、どないでっしゃろ？」

「品物《ブツ》は持ってるのかい？」

「ええ、持っとります。複雑な光を放つ極上のピンクダイヤですわ。現物を見てもろうたら、いっぺんに気に入るはずや」

「ちょっと拝ませてもらいたいな」

「ほな、助手と一緒に三宅さんのご自宅に伺《うかが》わせてもらいますわ。お宅の住所はわかってますんで」

「そうかい。それじゃ、こっちに来てくれないか」

三宅がルアーに喰いついてきた。

「できたら、現金取引でお願いしたいんやけど……」

「金庫に約一億の現金《ゲンナマ》が入ってる。転売できそうな極上物なら、その場でキャッシュで買い取ってやるよ」

「そうですか。ほな、三十分かそこらでお邪魔しますわ」

刈谷は受話器をフックに掛け、ほくそ笑《え》んだ。

2

防犯カメラが三台も設置されている。

三宅の自宅兼オフィスだ。高い塀の上には、鋭い忍び返しが連《つら》なっていた。

刈谷たちコンビは少し先の路上にスカイラインを駐め、故買屋の塒《ねぐら》に引き返してきた。相棒の堀が門柱に歩み寄ろうとした。刈谷は無言で堀を押し留《とど》め、インターフォンを響かせた。

ややあって、三宅の声で応答があった。

「大阪から来た藤本と申します」

「門扉《もんぴ》の内錠は掛けてないから、そのまま入って来てくれ。左側に倉庫があるが、おれは右側の建物の一階事務所にいる。二階が居住スペースになってるんだよ」

「ほんなら、お邪魔しまっせ」

刈谷は鉄扉《てっぴ》を押し開け、先に敷地内に入った。堀がつづく。

倉庫の前は、車寄せになっていた。白いロールスロイス・ファントムと黒いベントレーが並んでいる。どちらも超高級車だ。

刈谷はアプローチの石畳をたどり、洋風住宅のポーチまで進んだ。玄関のドア・ノッカーを鳴らすと、藍色《あいいろ》の作務衣姿《さむえすがた》の三宅が現われた。

「連れは堅気じゃねえみたいだな」

「極道やないですよ。辻井《つじい》いいますねん」

「そうかい。ま、入ってくれ」

「失礼させてもらいますわ」

刈谷は玄関の三和土《たたき》に足を踏み入れた。相棒が後ろ手にドアを閉める。

玄関ホールは広かった。奥に階段が見える。

刈谷たちは、玄関ホール脇の洋室に通された。出窓寄りに両袖机が置かれ、その手前に応接ソファが据えてあった。布張りで、重厚なソファだった。

「三宅さんは、儲けてはるんやろうな。豪邸やないですか。ほんま羨《うらや》ましいわ」

「関西人は、他人《ひと》をおだてるのがうまいな。ま、坐ってくれ」

三宅が言って、先にソファにどっかと腰かけた。刈谷たち二人は故買屋と向き合う位置に坐った。

「商売のほうはどうだい？　大阪には、辰《たつ》やんと呼ばれてる怪盗がいるんだってな。成金どもの邸宅に忍び込んで、実にスマートに金庫を破ってるらしいじゃねえか。もう八十近い年齢《とし》なんだって？」

三宅が言いながら、作務衣の上着の袖口を交互に捲《まく》った。両腕には刺青《いれずみ》が彫《ほ》り込まれていた。元やくざであることを強調して、架空の商談を有利に運ぶ気になったようだ。

「辰やんは、満七十九歳になったんやないかな。わし、だいぶ前にオーディマ・ピゲの宝飾腕時計を引き取ったことがあるんですわ」

「そうかい」

「普通の泥棒《ノビシ》たちと違《ちご》うて、何やら風格がありましたわ。辰やんは品物《ブツ》を金に換えても、自分は贅沢《ぜいたく》はせんと、稼ぎの多くを福祉施設に投げ込んではるんですねん。まさに義賊やね」

刈谷は話を合わせた。

三宅が妙な笑いをして、茶色い葉煙草《シガリロ》に火を点けた。刈谷は相棒と顔を見合わせた。三宅はこちらの正体を探る目的で、鎌をかけているのではないか。

ドアがノックされた。洋室に入ってきたのは、金髪の白人女性だった。まだ二十代だろう。色白で、肢体《したい》は熟《う》れている。

花柄の洋盆《トレイ》を捧《ささ》げ持っていた。トレイの上には、三つのゴブレットが載っている。中身はコーラだった。

「おれが面倒を見てるロシア人で、エスカリーナというんだ。以前は、赤坂の白人パブで働いてたんだよ。いい女だろ？」

「ほんまに、そうやね」

刈谷はエスカリーナに笑いかけた。エスカリーナがほほえんで、三つのゴブレットを大理石のコーヒーテーブルの上に置いた。

「エスカリーナ、二階に上がってろ。これからビジネスの話があるんだ」

「はい！　わかりました。用があったら、教えてほしいね」

ロシア美人がたどたどしい日本語で言い、部屋から出ていった。

「綺麗《きれい》な女性《ひと》ですね。三宅さんはモテますなあ」

堀が三宅に視線を向けながら、羨《うらや》ましげに言った。

「別におれがモテるんじゃないよ。銭《ぜに》が好きなのさ、白人ホステスたちはな。みんな、手っ取り早く日本で稼ぎたいと思ってるわけだから、月に二百万もくれてやりゃ、女優みたいな娘《こ》もセックスペットにできるよ」

「三宅さんはリッチなんやな」

「あんたも捨て身になりゃ、銭はいくらでも稼げるよ」

「けど、やっぱり逮捕《パク》られるのはいややしなあ」

「もっと開き直らなきゃ、いい女は抱けないぜ。それから、高《たけ》え車も乗り回せねえやな」

「もう少し度胸つけんとあかんですね」

「そうだな」

三宅が堀に言って、刈谷を見据えた。

「そろそろ商談に入ろうや。まず極上《ごくじょう》のピンクダイヤを見せてくれねえか」

「別に三宅さんを信用してないわけやないけど、先に現金を見せてくれまへんか。できたら、二千万で引き取ってもらいたいんですわ。どないでっしゃろ？」

「品物《ブツ》を見てから、値段は相談しようや」

「そやったら、とりあえず一千万を積み上げてくれはります？　そうしてくれはったら、わし、すぐにピンクダイヤをお見せしますよって」

「面倒なことを言うんだったら、引き取ってくれ」

「三宅さん、怒らんといてください。わし、四年前に性質《たち》の悪い宝石ブローカーにエメラルドの首飾りを騙《だま》し取られたことがあるんですわ。ホテルの一室で取引したんやけど、別室から札束の詰まったアタッシェケースを取ってくると言うて、相手がドロンしくさったんや。あんときは、ほんま忌々《いまいま》しかったわ」

刈谷は、とっさに思いついたでまかせを口にした。

「おれは、そんな汚《きたね》えことはしねえよ」

「そう思うんやけど、以前のトラウマが消えんのですわ。そやから、初取引のときはどなたにも先にキャッシュを見せてもろうてるんですねん」

「わかったよ。そっちの気が済むようにしてやろう」

三宅がシガリロの火を揉《も》み消して、勢いよくソファから立ち上がった。両袖机に尻《しり》を乗せて、受話器を持ち上げる。

三宅は内線電話をかけたようだ。

「エスカリーナ、金庫から二千万を出して、階下《した》に持ってきてくれ」

「………」

「そう、二千万円だ。急いでくれ」

通話が終わった。三宅は机から滑り降りると、回転椅子を回り込んだ。

「予備のシガリロはどこに入れたっけな」

三宅が独りごち、机の引き出しを次々に開け放った。舌打ちし、乱暴に引き出しを閉める。

「この年齢《とし》になると、物忘れがひどくなっちまってね。予備の煙草《たばこ》をどこに入れたのか、どうしても思い出せない。おれも耄碌《もうろく》しちまったな」

「まだ惚《ぼ》ける年齢やないでしょ？」

刈谷は言った。三宅が曖昧《あいまい》に笑って、応接セットに戻ってくる。

元のソファに腰を沈めた。そのとき、部屋のドアがノックされた。三宅が声を発した。

「入ってもいいよ、エスカリーナ」

「わたし、入るね」

エスカリーナがドアを開け、ビニールの手提《さ》げ袋を両手で三宅の近くまで運んだ。重そうだった。

「二階に戻っててくれ」

三宅がそう指示し、ロシア語でエスカリーナに何か言った。エスカリーナが母国語で短く答え、すぐに洋室から出ていった。

「三宅さん、ロシア語を喋れるんやね」

堀が感心した口ぶりで言った。

「片言だよ」

「どんな会話したんか、教えてくれまへんか?」

「いいよ。『客が帰ったら、ベッドでたっぷりかわいがってやるからな』って、エスカリーナに言ったんだ」

「それで、エスカリーナさんはどう答えたんやろ?」

「『いまの言葉を聞いただけで、大事なとこが濡《ぬ》れてきそうよ』だってさ」

「エロい遣《や》り取《と》りやったんやな」

「そんなことより、銭を見せてやろう」

三宅がビニール袋の中に右手を突っ込んで、帯封の掛かった札束を無造作に摑《つか》み出した。コーヒーテーブルの上に積み上げられたのは、十束だった。

「ちょうど二千万だ。偽札じゃないぜ。藤本さん、手に取ってみなよ」

「結構ですわ。いま、ピンクダイヤをお見せしますよって。あれっ、変やな」

刈谷は焦《あせ》った表情を作り、上着の内ポケットを何度も探《さぐ》った。

「どうしたんだ？」

「懐に入れといた品物《ブツ》がないんですわ。わし、どこぞに落としてしまったんやろか。それとも、おまえに預けたんやったかな？」

「預かってまへんで。藤本さんが上着の内ポケットに入れましたわ」

「そやったら、わしがどこかで落としたんやろ」

「えっ⁉」

堀が大仰《おおぎょう》に驚いてみせる。名演技だ。

「二人とも下手な芝居はやめな。てめえら、何者なんでえ」

「三宅さん、何を言うてますのん⁉　わしらは、泥棒《ノビシ》たちから盗品を譲り受けてる言うたはずや」

「おまえらは故買屋なんかじゃねえ。そっちはおれの話にもっともらしく受け答えしたが、大阪に辰やんなんて義賊はいねえはずだ。正体を吐かなきゃ、撃《ハジ》くことになるな」

三宅が左の袂《たもと》に利き腕を潜《もぐ》らせ、ＴＭＷオータガ32を取り出した。

アメリカ製のポケットピストルの銃口は刈谷に向けられた。口径は七・六五と小さいが、威力の大きなシルバーチップ弾を使える造りになっている。ハンマー内蔵式のダブルアクションだ。

「わしらは、ほんまに三宅さんと同じビジネスをしてるんや。何を疑《うたご》うてるんです？」

刈谷は空とぼけた。

三宅がスライドを引き、背当てクッションを銃口に密着させた。それだけでも、かなり銃声を抑《おさ》えることはできる。

横の堀がせせら笑った。

「おれは何度もヤー公に銃口を向けられたことがある。そんな護身拳銃をちらつかされても、こっちはビビらないっすよ」

「やっぱり、てめえらは関西人じゃねえな。何者なんでえ？」

「おれたちは強請屋《ゆすりや》さ」

刈谷は標準語で言った。

「強請屋だと⁉」

「そうだ」

「いい度胸してるじゃねえか。おれは俠和会石井組に長いこと足《ゲソ》つけてたんだぜ」

「そのことは知ってるよ。あんたは上納金の一部をネコババして、破門された。そうだよな？」

「なんでそんなことまで知ってるんでえ⁉」

三宅が目を剝《む》いた。一段と人相が悪くなった。

「おれたちは悪党どもの弱みを押さえて、口止め料をせしめてるんだよ。故買屋なんかじゃない」

「おれが盗品を買い取ってることは、別に弱みになんかならねえ。警察《サツ》はおれが故買ビジネスをやってることを知ってらあ」

「性懲《しょうこ》りもなく盗品を買い取って転売してるんで、もう検挙《アゲ》る気力もなくなったんだろうな。おれたちが強請の材料にしようとしてるのは、故買ビジネスのことじゃない」

「ほかに危《ヤバ》い裏仕事なんかしてねえぞ」

「白々しいな」

「おれがどんな裏ビジネスをやってるって言うんでえ？」

「自分の胸に訊くんだな」

刈谷は卓上の札束を払い落とした。すかさず堀が中腰になって、三宅の額に頭突きを浴びせる。

三宅がのけ反《ぞ》って、ソファの背凭《せもた》れに撥《は》ね返された。背当てクッションがコーヒーテーブルに落下し、床に転げ落ちた。

ＴＭＷオータガ32は、幸運にも暴発しなかった。刈谷は手早くポケットピストルを奪い取った。三宅が絶望的な顔つきになる。

「マガジンに何発入ってる？」

「弾倉に六発、薬室に一発入ってらあ。けど、撃てやしねえさ」

「おれたちを甘く見ると、あの世で後悔することになるぞ」

刈谷は足許《あしもと》の背当てクッションを拾い上げ、銃口に押し当てた。

「て、てめえ、本気なのか⁉」

「声が震えてるな。まだエスカリーナを抱き足りないか？」

「ロシア女に興味があるんだったら、おまえらにエスカリーナを抱かせてやってもいいよ。ただし、一度ずつだぞ」

「てめえの愛人《レコ》を提供してもいいってか？」

「ああ。まだ死にたくねえからな」

「あんたは屑野郎《くずやろう》だな。すぐにシュートしちまうか」

「撃つな！　撃たねえでくれーっ」

三宅が哀願した。怯《おび》えの色が濃い。

「元やくざが命乞《いのちご》いか。みっともないぜ」

「おれのどんな弱みを知ってるんだ？　場合によっては、エスカリーナが持ってきた金をそっくり渡すよ」

「あんたは三年ほど前、『光輝堂』の宇佐美社長に盗品の宝飾品を大量に引き取らせようとしたことがあるな？」

「それは……」

「質問の答えになってないな、それでは。シルバーチップ弾を喰《く》らってもいいと覚悟したのかっ」

「違う！　そうじゃねえよ。宇佐美の野郎に断られちまったんだ、はっきりとな」

「そのことで頭にきたんで、数カ月後に手下か誰かを『光輝堂』に押し入らせて、五億円相当の商品をかっぱらわせた。そのとき、ガードマンの真鍋雅士に見つかってしまったんで、そいつを大型バールで撲殺した。そうなんじゃないのか？」

「おれは、誰にもそんなことはさせてねえぞ。な、何を証拠にそんなことを言いだしたんだよっ」

「ま、聞け！　あんたは、きのうの夜、第三者に二人の刑事を殺《や》らせたのかもしれない。ひとりは警視庁捜査一課の落合警部補で、もうひとりは四谷署の吉崎刑事だ。三年前、落合と吉崎は強盗殺人事件の捜査を担当してた」

「なんの話をしてるんだ⁉」

「黙って聞けっ。二人の刑事は複数の証言に引きずられて、『光輝堂』に出入りしてた貴金属卸問屋の営業マンの黒木弓彦という男を逮捕して、自供に追い込んだ。黒木は有罪判決を受けて服役しはじめた。ところが、その後、自分は潔白だと言を翻した」

「二人の刑事たちに犯人《ホシ》にさせられたってことなのか？」

「そうだ。黒木の再審申し立ては実現しなかったが、落合と吉崎は服役してた男はシロだったんじゃないかと思い、二人で三年前の事件を個人的に洗い直して、強盗殺人事件の本当の首謀者を突き止めたのかもしれない」

「そっちが喋ってること、おれにはよくわからねえな。わかりやすく説明してくれねえか」

「あんた、二人の刑事を誰かに始末させたんじゃないっすかっ」

堀が声を張って、三宅を睨《ね》めつけた。

「どうして、おれがそんなことをやらせなきゃいけねえんだ？」

「三年前の強盗殺人事件の絵図を画《か》いたのが自分だって二人の刑事に割り出されたら、あんたは一巻の終わりっすよね。だから、誰かに落合、吉崎の両刑事を始末させたんじゃないんすか？」

「おれは三年前の事件《ヤマ》には嚙《か》んでねえよ。落合と吉崎とかいう刑事を第三者に片づけさせるわけねえだろうが！」

三宅が喚《わめ》いた。刈谷は背当てクッションをコーヒーテーブルの上に置き、ＴＭＷオータガ32の銃口を三宅の眉間《みけん》に突きつけた。

故買屋が、ひっという短い声を洩《も》らした。顔面が引き攣《つ》り、全身はわなないている。

「正直者にならないと、一気に引き金《トリガー》を絞るぞ」

「おれは本当のことしか言ってねえよ。三年前に『光輝堂』に押し入ったのは、宇佐美社長の女房の若いツバメなんじゃねえのか？」

「苦し紛《まぎ》れの言い逃れか」

刈谷は、トリガーの遊びをぎりぎりまで絞った。人差し指にほんの少し力を込めれば、銃弾が放たれる。

「ゆ、指を引き金から離してくれーっ。まだくたばりたくねえ。宇佐美の女房の郁恵《いくえ》は怪しいよ。いま社長夫人は四十二のはずだが、旦那の浮気癖が直らないんで、自分も七、八年前から火遊びを重ねてたんだ。四年ぐらい前から、郁恵は売れない俳優に入れ揚げてる。そのことは探偵社のベテラン調査員に調べさせたんで、間違いねえよ。おれは宇佐美夫婦の乱れた私生活をちらつかせて盗品を『光輝堂』に引き取らせる気でいたんだが、社長は少しもたじろがなかった」

「その役者の名は？」

「相馬駿《そうましゅん》という名で、現在は三十五歳だ。芸名っぽいが、本名だそうだよ。三年前は下北沢《しもきたざわ》のマンションに住んでたんだが、いまの住所はわからねえな」

「あんたの言った通りなら、宇佐美郁恵は旦那と別れて年下の俳優と再婚する気だったのかな。しかし、亭主は別れ話に応じてくれなかった。で、社長夫人は腹を立て、年下の彼氏に『光輝堂』から五億円相当の商品を奪わせたんだろうか」

「そうなんじゃねえか。三年前に雇った探偵の報告によると、郁恵は旦那に総額七億円の生命保険をかけてたって話だったな。売れない俳優にいつか亭主を殺させようと考えてたけど、なかなかチャンスがなかったんじゃねえのか」

「社長夫人と若い彼氏を締め上げりゃ、たっぷり口止め料をせしめられそうだな。もしかしたら、宇佐美郁恵たち二人は刑事殺しにも絡んでるのかもしれない。そうなら、てめえら、いや、あんたたちは億単位の口止め料を毟《むし》れるだろうよ」

「ご親切に……」

「おれを疑っても、銭にはならねえぜ。護身拳銃の件を黙っててくれりゃ、二、三百万の車代を渡してやるよ」

「車代を受け取るわけにはいかない。おれたちは公務員なんでな」

「公務員だって⁉　まさか刑事じゃねえよな？」

「そのまさかだ」

「冗談だろ⁉」

「新宿署の者だよ。警察手帳を見せてやってもいいぞ」

「なんてこった！　きょうは厄日《やくび》だな」

三宅がぼやいて、天井を仰いだ。

「主任、署長直属の捜査員に三宅の身柄《ガラ》を引き渡しますか？」

「そうだな。おまえ、隊長に電話してくれ」

「了解です」

堀が上着の内ポケットから刑事用携帯電話《ポリスモード》を取り出した。刈谷はポケットピストルで故買屋を威《おど》しつつ、にんまりと笑った。

血痕がうっすらと見える。

それだけが事件の痕跡だった。刈谷は新宿中央公園の遊歩道に立っていた。本庁捜査一課の落合警部補が刺殺された現場である。

故買屋の三宅の身柄を署長直属の捜査員に引き渡した翌日の正午過ぎだ。昼休みを園内で寛《くつろ》ぐOLやサラリーマンの姿が散見できる。

刈谷は少し離れたベンチに腰かけた。

木陰で涼しい。遊歩道の向こう側の樹木には陽光が当たっている。風にそよぐ小枝の葉は瑞々《みずみず》しかった。

刈谷は本多署長を待っていた。数十分前に刈谷のポリスモードに連絡があって、この公園で落ち合うことになったのだ。

刈谷は妙に落ち着かなかった。非公式の特殊チームが警察庁か警視庁の上層部に知られ、『潜行捜査隊』は解散させられるのか。それだけではなく、本多署長は懲戒免職になるのだろうか。新津警視を含めたチームのメンバーも何らかの責任を取らされるのか。

3

こういう日がいつか訪れることは、ぼんやりと予想していた。だが、たったの一年数カ月でチームが消滅するのは残念でならない。

『潜行捜査隊』は正規の刑事集団ではないが、それなりの働きをしてきた。初動捜査で事件が解決しない場合、各所轄署は本庁捜査一課に協力を要請する。

そうした経緯があって、地元署に捜査本部が設けられる。所轄署と本庁捜査一課の刑事たちが合同捜査に当たるのは通常、一カ月だ。その間の捜査費はすべて所轄署が負担する。

第一期捜査の一カ月で事件が解決しないと、所轄署の刑事たちは戦線を離脱して、それぞれ自分の持ち場に戻る。第二期捜査以降は本庁の刑事たちだけで犯人捜しをするわけだ。捜査費用は、引きつづき地元署が払う。

大所帯の新宿署に割り当てられる年間予算は少なくない。

それでも管内で何十件も凶悪事件が発生すれば、年間予算は足りなくなる。本多署長が初動か第一期捜査で事件の早期解決を願うのは、税金の無駄遣いを避けたいからだ。むろん、署長としての誇りや意地もあって、むやみに本庁に頼りたくないのだろう。そうした思いは新津隊長や刈谷たち四人も同じだった。

遊歩道の右手から、走る足音が響いてきた。

刈谷は反射的に顔を横に向けた。ジョギングウェアに身を包んだ本多署長が駆けてくる。首にスポーツタオルを掛けていた。中背だが、体型は若々しい。

刈谷は立ち上がって、会釈《えしゃく》した。

「待たせてしまったね。ま、坐ろう」

「はい」

二人は、ほぼ同時にベンチに腰かけた。

「梅雨が明けたら、猛暑がつづくようになるんだろう。しかし、このぐらいの暑さはかえって快い」

「署長、話を切り出しにくいんですね。チームのことが偉いさんたちに知られてしまったんでしょ？」

「いや、まだ誰にも気づかれてないよ。なぜ、そう思ったのかな？」

本多署長が問いかけてきた。

「署長に単独で呼び出されることは、めったにありませんでした。たいてい新津さんと一緒でしたからね」

「そうだったな。昨夜《ゆうべ》はご苦労だったね。直属の日垣《ひがき》警部が三宅睦夫を取り調べてから、所轄署に移送したよ。きみが押収したアメリカ製のポケットピストルは地元署に渡したという報告を受けてる」

「そうですか。やはり、三宅はシロだったんでしょ？」

「日垣君の心証では、三年前の強盗殺人事件にも二件の警察官殺しにも三宅はまったく関わってないだろうってことだったよ」

「日垣さんの判断は正しいと思います」

刈谷は言った。

四十一歳の日垣徹《とおる》警部は五年前まで本庁捜査二課知能犯係の主任だったのだが、政治家の収賄疑惑に警察ＯＢが絡んでいる証拠を握ったことで、上層部に煙たがられるようになった。そして、二年前に新宿署長室付になったのである。

それは、正式な役職ではなかった。本多署長が日垣を拾ったという噂は事実だろう。

「新津警視から宇佐美郁恵のことは報告を受けてるよ。郁恵は旦那とだいぶ前から不仲だったようだから、少し調べてみる必要がありそうだね」

「ええ。新津さんと相談して、宇佐美郁恵と相馬駿の二人を少しマークしてみます。郁恵が帝都《ていと》生命と第三《だいさん》生命に旦那の生命保険を三億五千万円ずつ掛けてることを午前中に確認したんです。年間の掛け金は九百万円を超えてました」

「それだけの保険料を払いつづけるのは大変だろうね」

「ええ。郁恵は、夫には二社の生保会社に一億円ずつの保険をかけてると嘘をついてるようなんですよ」

「それは生保会社で裏付《ウラ》けを取ったのかな？」

「いいえ。個人情報に関することなので、生保会社はそこまで教えてくれませんでした。高輪の宇佐美宅に今朝《けさ》から張りついている西浦・堀班が、住み込みのお手伝いさんから聞き出した情報です」

「なるほど。社長夫人がお手伝いさんに本当は旦那に併《あわ》せて七億円の生命保険をかけてることを知られて、口裏を合わせてほしいと頼んだんだろうね」

「そういう話でした。宇佐美郁恵は夫の浮気癖に呆れて、本気で離婚する気だったんでしょう。しかし、旦那は世間体を考えたのか、別れ話には応じなかった」

「それで、郁恵は三年前に年下の彼氏に『光輝堂』に押し入らせて、五億円相当の宝飾品を盗ませたんだろうか。相馬とかいうパッとしない役者はガードマンの真鍋雅士に見咎《みとが》められたんで、持ってた大型バールで……」

「まだ根拠は何も摑んでませんが、そんなふうに疑えないこともないと思います。おそらく収入の少ない俳優は、郁恵が金蔓《かねづる》なんでしょうから。社長夫人に逆《さか》らったら、たちまち生活に困るはずです」

「三年前の強盗殺人の真犯人が相馬駿だったとしたら、盗んだ貴金属を金に換え、かなり分け前を得てると思うが……」

「宇佐美郁恵は、盗品をまだ換金してないのかもしれませんよ。迂闊《うかつ》に換金したら、捜査の手が伸びてきます」

「そうだね。ほとぼりが冷めるまで、盗んだ品物はどこかに隠してあるんだろうか。日垣君に三年前の盗品リストを上野署から引っ張らせよう。盗まれた宝飾品が闇ルートに流れてたら、その線から真犯人を割り出すことも可能だからね」

本多が言って、脚《あし》を組んだ。

「そうしていただけると、チームとしては大いに助かります」

「すぐに日垣君に動いてもらうよ。それはそれとして、宇佐美郁恵と相馬駿は、落合と吉崎が強盗殺人事件の真犯人を捜しはじめてるかもしれないと考えたのはいつなんだろうか。そのきっかけは何だったのかね。チームの推測が外れてるとは言わないが、そのあたりが得心できないんだよ」

「それについては、確かに説得力がないと思います。しかし、社長夫人と相馬が強盗殺人事件に深く関わってるとすれば、おそらく二人の刑事殺しにも絡んでるんでしょう」

「そうなんだろうか」

「署長、刑事課と本庁機捜はまだ黒木兄妹を捜査対象者から外してないんでしょ？」

　刈谷は確かめた。

「まだマークしてるそうだ。ただ、黒木弓彦の遺児たちが経済的に余裕があることを不審に感じてはいるようだが、どうやって殺し屋の報酬を捻出したのかは見当もついてないみたいだよ」

「そうですか」

「きみをこの公園に呼び出したのは、ほかでもないんだ。初動捜査に与えられる日数は三、四日だよな」

「ええ、そうですね」

「その間にチームでスピード解決させる見通しはあるんだろうか」

「いまの段階では何とも言えませんね」

「だろうな。実はね、副署長が明日の夕方までに被疑者を特定できなかったら、本庁に要請して捜査本部を設置すべきだと進言してきたんだ」

「そうなんですか」

「副署長は身内の刑事が二人も殺害されたんだから、妙な縄張り意識は棄《す》てて一日も早く桜田門の力を借りるべきだと言ってるんだ。わたしは捜査費の負担を嫌ってるわけじゃないんだよ。これまでに『潜行捜査隊』は初動で凶悪事件を何件も早期に落着させてきたから、できるだけ捜査本部の設置を遅らせたいと思ってるんだ」

「署長に期待していただけると、とても励みになります。しかし、あと数日で事件の片をつけられるかどうかわかりません」

「新津隊長も、まだ日数が読めないと言ってた。それで、きみにも見通しについて訊いてみる気になったわけだよ」

「そういうことだったんですか。おれたちはもちろんベストを尽くしますが、一両日で犯人《ホシ》を特定できるかどうかはわかりません。捜査本部《チヨウバ》が立っても、チームは別に腐ったりしないですよ。副署長の突き上げがあるんだったら、明日か明後日《あさって》に本庁に要請をしても結構です。署長のご判断に任せます」

「わかった。わたしは園内を少し走って、署に戻るよ」

　本多が立ち上がって、ゆっくりと走りはじめた。

　刈谷は一分ほど時間を遣《や》り過ごしてから、ベンチから腰を浮かせた。新宿中央公園を出て間もなく、私物のスマートフォンが振動した。マナーモードにしてあった。

　刈谷は立ち止まって、スマートフォンを取り出した。発信者は諏訪茜だった。

「こんな時間に電話をしてくるなんて珍しいな」

「そうね。少し喋ってても大丈夫？」

「ああ、酒気《しゅき》を帯びてるようだな。朝から飲んでたのか？」

「ちょっと厭《いや》なことがあったの、きのうの晩ね」

「茜、何があったんだ？」

「カタログ写真を撮ってる会社の重役が来年用のカレンダー写真を任せたいからって、わたし、恵比寿の外資系ホテルのグリルに呼び出されたの。食事中に、その役員、わたしに『朝まで一緒にいてほしいんだ』とか言って、部屋のカードキーを見せたのよ」

「一晩つき合ってくれれば、きみにカレンダー写真を撮らせてもいいって条件付きだったのか」

「そうだったのよ。ノーってはっきり拒んだら、商品カタログ写真も撮れないようにしてやると真顔《まがお》で凄んだわ。わたし、頭にきたんで、そいつの顔に飲みかけの赤ワインをぶっかけて席を立っちゃったの」

「茜が怒るのは当然だよ」

「そうでしょ？　憤《いきどお》りを抱えて帰宅したら、わたしの担当者から電話があって、『明日から別のカメラマンにカタログ写真を撮ってもらうことになったから』と告げられたの」

「きみを口説《くど》き損なった重役が現場の人間に圧力をかけたんだな。ひどい話じゃないか。

スケベな重役をストーカーに仕立てて検挙《アゲ》てやるよ。それとも、そいつをぶん殴ってやろうか」

「いいわよ、そんなことをしなくても。下劣《げれつ》な男と同じ土俵に立ちたくないの」

「それじゃ、泣き寝入りすることになるじゃないか」

「結果的にはそういうことになるけど、もうどうでもいいわ。定収入がなくなるのはちょっと困るけど、ブラジルから戻ってきたら、雑誌社や広告代理店に売り込みをかけるわよ。少しだけど、貯えがあるの。半年ぐらいは喰いつなげると思うわ」

「それでいいのか？」

刈谷は訊いた。他人事《ひとごと》ながら、ひどく腹立たしかった。

「わたしを抱きたがった重役の音声を別にICレコーダーに録《と》ってたわけじゃないから、騒ぎたてても、水掛け論になってしまうでしょ？」

「言った、言わないの争いになっても、担当者が重役に圧力をかけられたことを正直に話してくれたら、茜に勝ち目はあるよ。おれがサポートするから、スケベな役員ととことん争えって。いつもの茜らしくないじゃないか。理不尽なことには、はっきりと異を唱える。そうじゃないと、きみらしくないぞ」

「わたし、少し狡《ずる》くなったのかもしれない。女性を軽く見てる男たちは軽蔑してるけど、そんな奴らに腹を立ててるうちに、いい写真を撮る時間がどんどん少なくなっていくような気がしてきたの。ろくでもない男に自分の大切な時間を奪《と》られたくないのよ。人生は長いようで、短いでしょ?」

「ま、そうだが……」

「数十万円のお金がほしくて商品カタログ写真の仕事にしがみつくのは、カッコ悪いと思うようになったの。婚礼写真やさまざまな記念写真を撮っても、食べてはいけるわけだしね。どっちの仕事が上とか下とかじゃなくて、括《くく》ってしまえば、どれも商業写真でしょ?」

「それはそうだが、茜に非があるわけじゃないのに、レギュラーだった仕事を取り上げられるのは癪《しゃく》じゃないか。そもそもポストを利用して、立場の弱い写真家、スタイリスト、ライターなんかの女性の体を狙う野郎は勘弁できない。茜をホテルの部屋に引っ張り込もうとした奴の名前を教えてくれ。きみの前で土下座させてやるよ」

「亮平さん、もういいの。実害があったわけじゃないから、わたし、忘れることにする。厭なことは早く忘れて、テーマ写真の取材の段取りを考えたいの。ブラジルのストリート・チルドレンたちの写真を撮ったら、次はシリアの難民キャンプを訪れる予定なのよ」

「茜がそう考えてるんだったら、もう何も言わない。ブラジルに出かける日時は変わらないんだろ？」

「ええ。でも、成田空港まで来てくれなくてもいいわ」

茜が言った。

「見送りに行くよ、必ず。三週間も好きな女と会えなくなるんだからさ」

「そんな殺し文句、誰に教わったの？」

「ソマリアに旅発《たびだ》つとき、きみがおれに似たようなことを言ったじゃないか」

「そうだったっけ？」

「言った本人が忘れてたのか」

「ごめん！」

「ま、いいさ。きょうはへべれけになるまで飲んで、不愉快なことは記憶から消しちまえ。それじゃ、またな！」

刈谷はことさら明るく言って、電話を切った。スマートフォンを上着の内ポケットに戻し、急ぎ足で新宿署に戻る。

刈谷は捜査資料室に入り、奥に進んだ。秘密刑事部屋には、新津隊長と奈穂の二人がいた。

「相馬駿の新住所を調べといたよ」

新津が刈谷に言った。

「下北沢からどこに引っ越したんです？」

「港区六本木五丁目にある『鳥居坂《とりいざか》スカイコート』という賃貸マンションに住んでる。部屋は七〇五号室だね。間取りは２ＬＤＫで、家賃は四十万円近い」

「映画やテレビドラマの出演オファーが入るようになったわけじゃないんでしょ？」

「役者としての収入は年に百数十万円しかないようだ。宇佐美郁恵に生活の面倒を見てもらってるんだろう」

「でしょうね」

「相馬はベンツＳＬ500のオープンカーを乗り回してるらしいから、郁恵に唆《そそのか》されて何か汚れ役を演じたのかもしれないな。それで、『光輝堂』の社長夫人に生活面でバックアップしてもらってるんじゃないだろうか」

「それだけで相馬が三年前の強盗殺人事件の真犯人と結論づけることはできませんが、疑わしい点はありますね」

「そうだな。ただ、宇佐美郁恵と相馬駿が共謀して落合と吉崎の二人を殺《あや》めたという確証はないが……」

「ええ」

「きみは、相馬の顔を知ってるのか？」

「だいぶ前にテレビドラマに端役で出てたんで、顔はわかりますよ。ひと昔前の二枚目という顔立ちで、個性に乏《とぼ》しい感じだったな」

「そうだね。きみら二人は、しばらく相馬駿をマークしてみてくれ」

「わかりました」

刈谷は体の向きを変え、美人刑事に目配せした。奈穂が自席から離れる。

二人はアジトを出ると、エレベーター乗り場に向かった。

4

光の鱗《うろこ》が眩《まばゆ》い。

相模湾《さがみわん》だ。刈谷は奈穂と肩を並べて江《え》の島《しま》の桟橋から海を眺めていた。湘南港のヨットハーバーの外れだ。

数十メートル離れた場所に、売れない俳優の相馬駿が立っている。かたわらにいる女性は宇佐美郁恵ではない。二十三、四歳のハーフっぽい顔立ちの娘だ。

ＯＬではなさそうだった。芸能人の端くれか。

刈谷は新宿署を出ると、奈穂が運転するプリウスで相馬の自宅マンションに向かった。『鳥居坂スカイコート』の近くで張り込んで間もなく、高級賃貸マンションの地下駐車場からベンツのオープンカーが走り出てきた。ステアリングを操《あやつ》っているのは、相馬だった。

ベンツSL500は数百メートル走り、六本木交差点の近くにある有名な洋菓子店の専用駐車場に滑り込んだ。店の奥はカフェになっていた。

相馬はオープンカーを降りると、カフェに直行した。そこには、彫りの深い若い女性がいた。相馬はスポンサーの郁恵の目を盗んで浮気をしているのか。

二人は数十分後に外に出てきて、ベンツSL500に乗り込んだ。オープンカーは第三京浜国道、横浜新道、国道一号線を抜けて江の島に到着した。

刈谷は六本木のカフェの駐車場で、相馬と若い女性の姿を刑事用携帯電話のカメラで動画撮影した。江の島に着いてからも、愉《たの》しげに語らう二人の姿を盗み撮りしている。

「主任、もう相馬駿に声をかけてもいいんじゃありません？　彼が社長夫人には内緒で、モデルかタレントっぽい若い女性とデートしてることは間違いないんですから」

奈穂が海風に髪をなびかせながら、小声で言った。

「まだ早いな。二人が深い関係であることを確認してからじゃないと、相馬に揺さぶりをかけても効果はないだろう」

「宇佐美郁恵は年下の彼氏が若い娘《こ》とドライブするぐらいは大目に見るだろうってことですか？」

「多分、その程度は許すだろう。人妻なんだし、七つも年上なんだ。そのぐらいのことでジェラシーを感じてたら、みっともないと思うんじゃないのか」

「そうかもしれませんね。大人の女性が小娘みたいに嫉妬してたら、確かにカッコ悪いな」

「しかし、あの二人がもう他人同士じゃないとわかったら、社長夫人は黙っちゃいないだろう。相馬にしても、こっそりと若い娘とよろしくやってることを郁恵に覚《さと》られたら、そりゃ焦るに違いない」

「でしょうね。相馬は宇佐美郁恵から金銭的な援助をしてもらってるから、優雅な暮らしができるわけです」

「そうだな。社長夫人に棄《す》てられたら、たちまち貧乏になっちまう」

「そうなんですけど、相馬が三年前に郁恵に焚《た》きつけられて『光輝堂』に押し入ってたとしたら、彼には切札があるわけですよね」

「入江の言う通りだな。そうだったとしたら、相馬は若い女たちとつき合ってても、郁恵を黙らせることはできるわけだ」

「ええ」

「相馬が三年前の犯行《ヤマ》を踏んだとしたら、もっと郁恵に対して強気になってもよさそうだな」

「でも、相馬が強盗殺人事件の実行犯だとしたら、彼も社長夫人に弱みを知られてることになります」

「ああ、そうだな。相馬は、そう強気にもなれないわけか」

「互いに弱みを握り合ってるなら、どっちかが優位に立つことは難しそうですね。となると、相馬駿は社長夫人に隠れてハーフっぽい娘とデートを重ねてるのかもしれません」

「そうなんだろう」

刈谷は口を結んだ。

そのとき、相馬が連れの若い女性の手を引いて歩きだした。二人はヨットハーバーの駐車場に足を向けた。

刈谷たちもカップルを装って、相馬と連れを尾《つ》けた。相馬たち二人がベンツSL500に乗り込む。奈穂が先にプリウスに乗り込み、エンジンを始動させた。刈谷は、ごく自然に助手席に坐った。

オープンカーが滑らかに走りはじめた。奈穂が少し間を取ってから、プリウスを発進させる。

ベンツSL500は土産物店《みやげものてん》の前を抜け、江ノ島大橋を渡った。国道一三四号線に出ると、稲村ヶ崎《いなむらがさき》方面に向かった。鎌倉《かまくら》市内のホテルに予約してあるのか。あるいは、海沿いをドライブするだけなのだろうか。

逗子《ずし》、葉山《はやま》を通過し、横須賀《よこすか》市内に入った。本格的な夏の前のせいか、海岸通りはさほど混んでいなかった。オープンカーは快調に進んでいる。直進すれば、やがて三浦《みうら》市に達する。

相馬は車を城ヶ島《じょうがしま》まで走らせるつもりなのか。小田和《おたわ》湾に差しかかったとき、刈谷の懐でポリスモードが着信音を響かせた。

ポリスモードを取り出す。発信者は新津隊長だった。

「きみが本多署長に頼んだ件なんだが、日垣警部が盗まれた宝飾品リストを上野署から取り寄せてくれたんだ」

「で、どうでした?」

「『光輝堂』で三年前に強奪された商品は、同業者や貴金属卸問屋には流れていなかったよ。当時の捜査本部は全国の故買屋グループに探《さぐ》りを入れたようだが、盗品はまったく闇ルートに流れてないという話だった」

「外国人闇ブローカーに渡ったのかもしれませんね」

「そうだったとしたら、宇佐美郁恵は誰かにルートをつけてもらったんだろうな。旦那が『光輝堂』の社長だったとしても、妻が外国の闇ブローカーを知ってるとは考えにくいからね」

「ええ」

「郁恵が年下の彼氏に五億円相当の宝飾品を盗《ギ》らせて、それをまだ換金せずにどこかに隠してあるんだろうか。そうなら、いくら社長夫人でも相馬にまとまった金を回してやることはできないんじゃないのかな？」

「宇佐美社長は自分の浮気の件で妻に後ろめたさを感じてるんで、金のことはうるさく言えないのかもしれませんよ。それをいいことに、夫人は相馬の自宅マンションの家賃を払ってやってるんじゃないのかな。それから、ベンツのオープンカーも買い与えた」

「そうなんだろうか。ところで、相馬に何か動きがあったかい？」

「相馬は郁恵の目を盗んで、若い女ともつき合ってるようです」

刈谷はそう前置《まえお》きして、経過を新津隊長に報告した。

「こっそり若い娘とつき合ってるんなら、相馬を追い込みやすくなったね。暴力はまずいが、売れない役者の口をうまく割らせてくれないか」

「わかりました」

「西浦・堀班は高輪の宇佐美邸の近くで張り込みを続行中なんだが、郁恵はずっと家にいるそうだよ。ひょっとしたら、夜に社長夫人は『鳥居坂スカイコート』に行く気でいるのかもしれないがね」

「相馬は、それまでに自宅マンションに戻る気でいるんだろうか。おれと入江は、相馬の車を追尾しつづけます」

「そうしてくれ」

新津の声が途絶《とだ》えた。

刈谷は通話内容を奈穂にかいつまんで話した。ベンツSL500は、道なりに走行している。城ヶ島をめざしているのだろうか。

予想は外れた。オープンカーは、京浜急行の三崎口《みさきぐち》駅の少し手前で脇道に入った。折れたのは海岸側だった。

やがて、ベンツSL500は数百メートル先にあるモーテルに吸い込まれた。高床式の棟割り長屋風の造りだった。一階が車庫で、その上がベッドルームになっているようだ。オープンカーが車庫に入ると、すぐにシャッターが下《お》りはじめた。

美人刑事がプリウスをモーテルの横の雑木林の際《きわ》に停めた。

「二人は、もうデキてるようだな」

「そうなんでしょうね」

「入江、おれたちも隣の部屋に入って、仕切り壁にコップを当ててみるか。喘《あえ》ぎ声やベッドマットの軋《きし》む音が聞こえるかもしれないからさ」

刈谷は際《きわ》どい冗談を言った。

「わたしをがっかりさせないでほしいな」

「え？」

「まさか主任がそのへんの中年男と同じような下品なジョークを言うとは思いませんでした。イメージが崩れちゃったわ」

相棒が頰を膨《ふく》らませた。

「おれは、ただの平凡な男だよ。生身だから、スケべったらしいことも考えるさ。部下の入江をモーテルに連れ込んで、のしかかったりはしないけどな」

「もろセクハラですね」

「悪ふざけはこのぐらいにしておくか。この時間に二人はモーテルにしけ込んだんだから、多分、休憩なんだろう。二時間は出てこないだろうから、三崎口駅前で夕飯でも喰うか」

「わたし、まだお腹は空いてません。主任は？」

「おれも空腹感は覚えてないな」

「なら、このまま二人が出てくるのを待ちましょうよ。張り込みを中断してる間に相馬たちがモーテルを出たら、悔やみ切れませんから」

「そうするか」

刈谷は、少し背凭れを傾けた。

それから十数分後、堀から電話がかかってきた。

「新津隊長から相馬が若い女とこっそりつき合ってるらしいという話を聞いたっすよ」

「そうか。相馬は連れの娘《こ》と三浦市の外れにあるモーテルに入ったよ」

「それじゃ、二人は……」

「親密な間柄なんだろうな」

「だったら、主任と入江はモーテルの従業員に素姓《すじょう》を明かして、相馬を追い込むべきじゃないっすか？　売れない役者はパトロンの郁恵に内緒で摘《つま》み喰《ぐ》いをしてるんすから、三年前の強盗殺人事件に関わってるかどうか聞き出すチャンスでしょ？」

「そうなんだが、下手したら、人権問題に発展するだろう。相馬が宇佐美郁恵に唆《そそのか》されて、三年前の犯行《ヤマ》を踏んだという根拠があるわけじゃないからな」

「そうか、そうっすね。電話したのは、社長夫人がガレージの真紅のポルシェに乗り込んだんすよ。『鳥居坂スカイコート』に行くんすかね」

「それはわからないが、社長夫人のドイツ車を尾けてみてくれ」

「了解っす」

「車間距離をたっぷりと取って追尾しろよ」

刈谷は助言し、ポリスモードを折り畳んだ。

「堀さんからの電話だったみたいですね？　何か動きがあったのかしら？」

奈穂が問いかけてきた。刈谷は、郁恵が車で出かける様子だということを伝えた。

「社長夫人が相馬の自宅に行くんだったら、面白いことになりそうですね。年下の彼の部屋で待ってても、なかなか主《あるじ》は戻ってこない。車でロングドライブに出たのかもしれないと考えれば、ベンツSL500の助手席に若い女性を乗せてるにちがいないと疑心暗鬼《ぎしんあんき》に陥るんじゃありません？」

「郁恵が独占欲の強い女なら、そうなりそうだな。そして、相馬を切ることになれば……」

「相馬は自分が郁恵に頼まれたことを腹いせに喋る気になるかもしれませんよ」

「そう都合よく物事は進んでくれないさ」

「ええ、そうでしょうね」

奈穂が首を竦《すく》めた。

静寂が車内を支配した。刈谷は煙草を吹かしながら、退屈さを紛らわせた。張り込みは自分との闘いだった。焦《じ》れたら、ろくなことにはならない。

マークした相手が動きだすのをひたすら待つ。愚直なまでに待ちつづける。それが鉄則だ。

堀から連絡があったのは小一《こ》時間後だった。

「対象者《マルタイ》は銀座で高級ワインを何本か買って、高輪の自宅に舞い戻ったす。期待は外れてしまったわけっすよ」

「堀、思い通りにいかないのが人生さ」

「そうみたいっすね。もう郁恵は外出しないと思うっすけど、もうしばらく西浦さんと一緒に張り込むっす」

「おまえだけでもいいだろ？　たまには西浦さんもひとり娘と晩飯を食べたいんじゃないのかな」

「そう思うっすよ、自分も」

「西浦さんに先に帰宅してもいいって伝えてくれないか」

刈谷は言った。堀が送話口で手で塞《ふさ》いだようで、何も聞こえなくなった。

三十秒ほど経つと、西浦律子の怒気を含んだ声が刈谷の耳を撲《う》った。

「思い遣《や》りを示したつもりなんだろうけどさ、刈谷ちゃんは間違ってるよ。わたしは半人前扱いされた気がして、なんか不愉快だわ。確かに女手ひとつで子育てするのは楽じゃないわ。けどね、わたしはシングルマザーであることを甘えの口実にする気なんかないのっ」

「西浦さん、それはわかってますよ」

「だったら、わたしに先に家に帰ってもいいなんて言わないでよっ。わたしは子持ちの女刑事《デカ》だけど、同僚の足手まといになったことなんかないわ。なのに、わたしを特別扱いするのは失礼よ。刈谷ちゃん、そうは思わない？　わたしはほかのメンバーと同じように、ちゃんと任務を果たしたいの。俸給分は役に立たなきゃいけないと自分にずっと言い聞かせてきたのよ」

「西浦さんのプライドを傷つけるつもりはなかったんです。たまには娘さんと一緒に夕飯を食べさせたいと単純に思っただけで……」

「刈谷ちゃんが部下思いだってことは知ってるわ。だけどね、妙な気遣いは迷惑なのよ」

「おれが軽率でした。謝ります。西浦さん、ごめんなさい」

「わかったわ。これで、水に流す。だけど、任務を果たすまでは帰らないわよ」

「ええ、わかりました」

刈谷は神妙に応じ、通話を切り上げた。奈穂が心配顔で話しかけてきた。

「西浦さんを怒らせちゃったみたいですね」

「そうなんだ」

刈谷は叱られた理由を話した。

「西浦さんの言い分はわかりますけど、めくじら立てるほどのことじゃないと思います。虫の居所が悪かったんでしょう。娘さんは年頃だから、最近、母と娘の関係がぎくしゃくしてるらしいんですよ」

「そうだったのか」

「そんなことで、つい西浦さんは主任に当たっちゃったんだろうな。でも、きっと声を荒らげつつも、内心、悔やんでたにちがいありません。西浦さんは意地っぱりだから、主任に頭を下げないかもしれませんけどね」

「謝らなきゃならないのは、おれのほうさ」

「俠気《おとこぎ》があって、主任はカッコいいですよ。西浦さんも気っぷがいいんで、大好き！　堀さんも真っ直ぐに生きてるし、新津隊長も魅力的な変人です。チームのみんながいるから、わたし、尾行や張り込みも苦にならないんだと思います」

「入江、優等生みたいなことを言うなって。メンバーは程度の差はあっても、揃って枠から食《は》み出してるんだからさ」

「確かに食み出し者がいい子ぶったら、おかしいですよね。こら！」

奈穂がおどけて、固めた拳《こぶし》で自分の頭を軽く叩いた。小娘めいた道化方《どうけかた》だったが、少しも厭味ではなかった。

二人は口を閉じて張り込みを続行した。

モーテルからベンツSL500が走り出てきたのは、午後八時過ぎだった。助手席に坐った若い女は、心地よいけだるさに身を委《ゆだ》ねているように映った。

相馬の車は陸上自衛隊駐屯地《ちゆうとんち》の横から衣笠《きぬがさ》方面に向かった。途中で、ベンツはハードトップの屋根に覆われた。走行音で、会話を交わしにくくなったのだろうか。

二人乗りのオープンカーは横浜横須賀道路から第三京浜国道を経由して、都内に入った。同乗の娘はJR品川駅前で降りた。その後、ベンツSL500は六本木方面に走りだした。

「相馬は鳥居坂の自分のマンションに向かってるんだろう」

「でしょうね」

「入江、ベンツがマンションの駐車場のスロープを下《くだ》る直前にプリウスで進路を阻《はば》んでくれないか」

「対象者《マルタイ》に揺さぶりをかけるんですね？」

「そうだ」

「了解です」

奈穂が嬉しそうに答えた。捜査が少し進むと思ったのだろう。

刈谷はヘッドレストに頭を預けた。

第三章　報復の気配

1

作戦を変更することにした。

決断は早かった。少しも迷わなかった。刈谷は、走るプリウスの助手席で奈穂に告げた。

「入江、作戦を変えるぞ」

「えっ、急にどうしてです⁉」

「ベンツを立ち往生させて相馬に隠し撮りした動画を観《み》せても、知り合いの娘とドライブしただけだと空とぼけられるかもしれない。オープンカーがモーテルに入るとこは撮影してなかったからな」

「そういえば、そうでしたね」

「入江、女優になってもらえるか。相馬に色仕掛けで迫って、なんとか奴の部屋に入り込んでほしいんだ。おれたちは先回りして、入江は相馬の熱烈なファンと称し、うまく奴に言い寄る。きみは魅惑的だから、相馬はまんまとハニートラップに引っかかるだろう」

「いくら大ファンと言っても、初対面の人間を自分の部屋には入れてくれないでしょ？」

「泊まる所がないと色目を使えば、相馬は入江を部屋に入れてくるだろう。そしたら、奴をその気にさせて先にシャワーを浴びさせてほしいんだ」

「そんなこと、無理ですよ。相馬はハーフっぽい娘《こ》とモーテルで愛し合ったばかりなんです。いくら大胆に誘っても、同じ日に二人の女性を抱く気にはならないでしょ？」

「いや、そんなことはないと思うよ。何年か前のことだが、おれは一日に二人の女と戯《たわむ》れた覚えがある」

「呆《あき》れた！」

「それはともかく、うまく相馬を浴室に行かせることができたら、おれの携帯を鳴らしてくれないか。それで、マンションのオートロック・ドアを解除してほしいんだ」

「それで、どうするんです？」

奈穂がハンドルを捌《さば》きながら、問いかけてきた。

「おれは入江の彼氏に化けて、相馬を詰《なじ》る」

「つまり、対象者《マルタイ》を偽装美人局《つつもたせ》に嵌《は》めるわけですね？」

「そういうことだ。相馬がシャワーを浴びる前に入江を抱き竦《すく》めようと迫ってきたら、順《じゅん》突《づ》きか逆突《ぎゃくづ》きを見舞って、足刀《そくとう》蹴りでも入れてやれよ。入江は少林寺拳法二段なんだから、相馬に組み伏せられることはないだろう」

「ええ、そういうことはないと思います。だけど……」

「何か抵抗があるのか？」

「わたしたちは問題児だけど、現職刑事なんですよ。裏社会の連中と同じような手を使ってもいいのかな？」

「いいことじゃないが、手っ取り早く相馬を追い込めるじゃないか」

「ええ、それはね」

「無理強《じ》いはしないよ。おれが言ったことは命令でも指示でもない。提案というか、相談なんだ。何かまずいことになったら、むろん責任はおれが取る。入江、どうだろう？」

「わかりました。わたし、やります」

「よく決断してくれた。頼もしいよ。車を脇道に入れて、ベンツよりも先に『鳥居坂スカイコート』に着くようにしてくれ」

刈谷は言った。奈穂が指示に従い、最短コースで目的地に着いた。

プリウスは高級賃貸マンションの数十メートル手前の路肩《ろかた》に寄せられた。奈穂が運転席から出て、『鳥居坂スカイコート』に向かう。

刈谷はいったん車を降り、運転席に移った。すでにヘッドライトは消されていた。

奈穂がマンションの駐車場の出入口付近にたたずんだ。それから間もなく、見覚えのあるオープンカーがプリウスの横を通り抜けた。ベンツＳＬ500だった。

奈穂が相馬の車の前に立ちはだかった。

ホーンが短く鳴らされ、相馬がパワーウインドーを下げた。奈穂が運転席に近づく。

二人の会話が刈谷には聞こえなかった。

五、六分後、奈穂がドイツ車の助手席に乗り込んだ。ベンツＳＬ500はゆっくりとスロープを下《くだ》っていった。

奈穂に色気を振り撒《ま》かれたら、どんな男も鼻の下を伸ばしてしまうのではないか。彼女が部下でなければ、自分も惑《まど》わされるかもしれない。それだけ奈穂は、いい女だった。

「入江、いい芝居をしてくれよ」

刈谷は声に出して呟《つぶや》いてから、セブンスターをくわえた。

煙草を喫《す》っていると、脈絡もなく諏訪茜の顔が脳裏に浮かんだ。レギュラーの仕事を失った茜は心細い気持ちになっているだろう。できることなら、任務をほうり出して彼女のそばにいてやりたかった。

といっても、励ましや慰めの言葉をかける気はなかった。誰かが落ち込んだり打ちひしがれているときは、なまじ声をかけないほうがいい。

黙って相手の愚痴《ぐち》や嘆《なげ》きに耳を傾け、さりげなく肩を軽く叩く。それだけでも、少しは心が軽くなるのではないか。

しかし、チームの主任である自分が職務の途中で抜けるわけにはいかない。刈谷は胸の中で茜に詫《わ》びながら、短くなった煙草を灰皿の中に突っ込んだ。

奈穂から電話がかかってきたのは、四十数分後だった。

「少し前に対象者《マルタイ》は浴室に入りました。少し遅れて、わたしもシャワーを浴びるからと言っておきました」

「やるじゃないか。すぐ相馬の部屋に行く。エントランスのオートロック・システムを解除して、七〇五号室の内錠も外しといてくれないか」

「わかりました」

「何かされてないな?」

「キスを迫られましたけど、い、い、お預けをさせておきました」

「そうか」

刈谷は小さく笑って、電話を切った。

プリウスのエンジンを切り、運転席を出る。刈谷は『鳥居坂スカイコート』のエントランスロビーに入り、エレベーターで七階に上がった。七〇五号室のドア・ロックは掛けられていなかった。

刈谷は入室し、そっと靴を脱いだ。

玄関ホールの正面はリビングになっていた。抜き足で居間に進むと、奈穂が自分のハンカチで包み込んだスマートフォンのディスプレイを覗き込んでいた。

「入江、そのスマホは相馬の物だな？」

「そうです。反則になりますけど、ちょっと静止画像や動画撮影されたシーンを勝手に観《み》せてもらってたんですよ」

「何か手がかりになるような画像が保存されてたか？」

「事件に関わりのある画像や動画はありませんでしたけど、顔が赤くなるような……」

「ちょっと観せてくれ」

刈谷は右手を差し出した。奈穂が、ハンカチでくるんだスマートフォンを刈谷の掌《てのひら》に載せる。

刈谷はハンカチの上からキーを操作しはじめた。静止画像の多くは、宇佐美郁恵のスナップ写真だった。

動画映像を再生する。刈谷は声をあげそうになった。

社長夫人のフェラチオ・シーンがさまざまなアングルで撮影されていた。それだけではなかった。郁恵が騎乗位で相馬と交わっている場面も鮮明に映っていた。

「冴《さ》えない役者はハメ撮りまでしてたのか」

「主任、表現がストレートすぎますっ」

「おっと、入江が女であることをうっかり忘れてた」

「ひどーい！」

奈穂が頰を膨《ふく》らませた。

「相馬は無断撮影したわけじゃないんだろう」

「でしょうね」

「こういう動画があれば、部屋の主をさらに追い込みやすくなったな」

刈谷は、ハンカチごとスマートフォンを奈穂に返した。奈穂がコーヒーテーブルの上に相馬のスマートフォンを置き、自分のハンカチを折り畳んだ。

「入江はリビングにいてくれ」

刈谷は部下に言いおき、ダイニングキッチンを通り抜けた。浴室と洗面所は奥にあった。

刈谷は、脱衣所を兼ねた洗面所の引き戸を静かに横に払った。浴室からシャワー音が響いてきた。相馬はハミングしながら、ボディーシャンプーの泡を洗い落としてるようだ。

刈谷は浴室のドアを開けた。

「待ってたよ」

相馬が嬉しげに言って、振り返った。早くもペニスは猛《たけ》っていた。奈穂の裸身を想像したとたん、体が反応しはじめたのだろう。

「あいにくだったな」

「誰なんだっ、あんたは⁉」

「おれの女をコマそうなんて、太《ふ》え野郎だ！」

「えっ、美人局だったのか。あんた、その筋の男性《ひと》なの？　やくざには見えないが、そうなんだろうな」

「好きなように考えてくれ。とりあえず、浴室から出るんだっ」

刈谷は命じた。次の瞬間、相馬が浴室のドアを閉めて内錠を掛けた。

「浴室に籠《こ》もる気なら、ドアのガラスを蹴破るぞ。割れた破片が体のあちこちに突き刺さるだろうな」

「乱暴なことはしないでくれ。色仕掛けにまんまと嵌められたのは忌々《いまいま》しいけど、要求を突っ撥《ぱ》ねるわけにはいかないな。いくら払えば、おたくらは引き揚げてくれるんだ?」

「とにかく、風呂場から出てくるんだ!」

「わかったよ」

「リビングで待ってる」

刈谷は脱衣所兼洗面所を出て、居間に戻った。奈穂が近づいてきた。

「相馬、驚いてたでしょ?」

「ああ。入江はプリウスの中で待機しててくれないか。相馬に正体を知られたら、面倒なことになるからな。恐喝屋を装って、相馬を追い込んでみるよ」

「主任、ひとりで大丈夫ですか? ひょっとしたら、相馬は何か物騒《ぶっそう》な物を隠し持ってるかもしれませんよ」

「おれのことは心配ない。いったん入江は車の中に戻っててくれ。何かあったら、呼び寄せるから」

刈谷はプリウスの鍵《キー》を奈穂に渡した。部下が車のキーを受け取り、七〇五号室から出ていった。

その直後、青いバスローブ姿の相馬が姿を見せた。

「十万じゃ、満足してくれないだろうな。三十万円渡すから、帰ってくれ。頼むよ。あれっ、連れの彼女は？」

「引き揚げたよ。後は、おれの仕事なんでな」

「三十万でも少ない？」

「五十万や百万貰《もら》ったって、話にならないな」

「おれは一応、俳優なんだけど、あまり売れてないんだよ。家賃の高いマンションに住んで、ベンツに乗ってるが……」

「贅沢《ぜいたく》な生活できるのは、宇佐美郁恵に援助してもらってるからだな」

「おたく、何者なんだ⁉　ただの美人局屋なんかじゃないな。郁恵の旦那に頼まれて、おれたちの仲を引き裂こうとしてるんじゃないのか？」

「宇佐美夫妻の仲は冷えきってる。『光輝堂』の社長が妻を取り戻したいと考えるわけはないな。宇佐美昌也はずっと浮気を繰り返してきて、もう女房に興味がないんだろうから」

「そんなことまで知ってるのか⁉　おたくの正体が気になってきたな」

「そうだろう」

刈谷は薄く笑った。

そのとき、相馬がバスローブのポケットから折り畳んだ西洋剃刀《かみそり》を摑《つか》み出した。ゾーリンゲンの製品だった。

「ドイツの高級剃刀も、社長夫人が買ってくれたようだな」

「何者か教えてくれないと、あんたを傷つけることになるぞ」

「できるかな」

刈谷は口の端をたわめた。相馬が険《けわ》しい顔で、ゾーリンゲンの刃を起こした。刃渡りは十三、四センチありそうだ。

部屋の主が間合《まあい》を詰めてくる。荒っぽいことには馴《な》れていないようで、動きは無防備だった。

「どこの誰なんだ？」

「自己紹介は省《はぶ》かせてもらう。子供のころから目立つことは苦手なんだよ」

「ふざけるな。正体を明かさなくてもいいから、すぐ部屋から出ていけ！　帰るつもりがないなら、血を見ることになるぞ」

「そんな台詞《せりふ》が、かつて出演したサスペンスドラマにあったのかい？」

刈谷はからかった。

相馬がいきり立ち、大きく前に踏み込んできた。西洋剃刀を閃《ひらめ》かせる。×印を描くような振り下ろし方だった。威嚇《いかく》であることは明白だ。

刈谷は二歩前に踏み出し、一歩退《さ》がった。

フェイントだった。相馬がステップインし、下からゾーリンゲンを振り上げた。西洋剃刀は空《くう》を切り裂《さ》いただけだった。

相馬の体勢が崩れた。

刈谷は肩で相馬を弾《はじ》いた。相馬がソファに縋《すが》りついて、フローリングの床に片膝をついた。刈谷は相馬の右腕を蹴った。二《に》の腕のあたりだった。ゾーリンゲンの剃刀が床に落ちて、無機質な音をたてる。

刈谷は西洋剃刀を素早く拾い上げた。

刃を相馬の首筋に寄り添わせる。相馬が全身を硬直させた。

「頸動脈《けいどうみゃく》を掻《か》き切ったら、血煙が天井まで噴《ふ》き上がるだろうな」

「そんなことはしないでくれ」

「痛い思いをしたくなかったら、こっちの質問に素直に答えるんだな」

「わ、わかったよ」

「三年数カ月前、女パトロンは旦那との離婚を本気で考えてた。しかし、宇佐美昌也は別れ話に応じようとしなかった」

「旦那は世間体を考えたようだね。それから、面倒な思いもしたくなかったんだろう。仮面夫婦であっても、特に不都合なことはないからな」

「旦那はそう思ってても、妻は愛情のなくなった夫と暮らしつづけることが苦痛だったにちがいない。宇佐美郁恵は、とにかく夫と別れたがってたんじゃないのか？」

「確かに彼女は離婚したがってたよ。夫の度重なる不倫の証拠を揃えて、家裁に行く気になったこともあったようだ。でも、郁恵も四年前から……」

「そっちと不倫関係にあったんで、恥をかくことになると思い直したんじゃないのか」

「そうなんだろうね」

「それで、宇佐美郁恵は第三者に旦那を殺させることを考えたんじゃないのかい？」

刈谷は探りを入れた。

「えっ⁉」

「図星だったようだな」

「そうじゃないよ。おたくが、予想もしなかった推測をしたんで驚いただけさ」

「そうかな」

「し、信じてくれよ」

相馬が訴えた。うろたえていることは隠しきれない。刈谷は剃刀の刃を起こし、少しだけ指に力を加えた。刃先が数ミリ筋肉に埋まった。

「社長夫人に旦那殺しを頼まれたことがあるんだろ？」

「ない！　ないよ」

「血が出るまで刃先を沈めてみるか」

「やめてくれ！　おれを傷つけないでくれーっ」

「いい加減に正直になれよ」

「………」

「ちょっと痛いぞ。歯を喰いしばれ！」

「どこかで車をかっぱらって、宇佐美社長を轢《ひ》き殺してくれって郁恵に頼まれたことはあるよ。無灯火で撥ねて車を近くに乗り捨てれば、まず捕まることはないと言われた。でも、おれは人殺しなんかになりたくなかった。で、はっきりと断ったんだ。郁恵はがっかりした様子だったよ」

「後日、社長夫人に別のことを頼まれたんじゃないのか」

「別のこと？」

相馬が訊《き》き返した。

「そっちの女パトロンは『光輝堂』に押し入って、値の高い宝飾品をできるだけ多く盗んでくれと言わなかったか？」

「ちょっと待ってくれよ。三年前の強盗殺人事件の犯人は、このおれじゃないかと疑ってるわけ⁉」

「そっちは社長夫人に世話になってるから、頼みを無下《むげ》には断れないよな。郁恵を怒らせたら、金銭的な援助は打ち切られるかもしれない。貧しい暮らしに逆戻りしたくないと強く思ってたら、渋々ながらも女パトロンの言いなりになるほかないんじゃないか。社長夫人なら、店のセキュリティーシステムも解除可能だろう」

「だからって……」

「三年前の事件で黒木弓彦という男が犯人とされて、有罪判決が下された。しかし、服役後、黒木は自分は無実だと言いだした」

「その後、獄中で病死したんじゃなかった？」

「そうだよ。黒木は被疑者にされたが、冤罪だったと思われる。嘘の自供を強いた当時の二人の取調官は黒木が無実かもしれないと真犯人捜しをしてたとも考えられるんだ。その刑事たちは一昨日《おととい》の夜、何者かに殺害されてしまった。そっちは一昨日の晩、どこで何をしてた？」

刈谷は相馬を見据えた。

「おれが三年前の事件の真犯人だと二人の刑事に知られたんで……」

「本庁の落合警部補、四谷署に異動になった吉崎刑事の二人の口をそっちが封じたと疑えないこともないな」

「冗談は、休み休みに言ってくれ。おれは郁恵に宝飾品を強奪しろなんて言われてないし、刑事たちを殺せとも命じられてない。おたくが何者か知らないが、おれを犯罪者扱いしないでくれ。おれの言葉が信じられないなら、郁恵に確かめてもらってもいいよ」

「社長夫人に電話しろ」

「わかった」

相馬がコーヒーテーブルの上から、スマートフォンを取り上げた。刈谷は西洋剃刀を相馬の首から離した。

相馬は一度しかアイコンをタップしなかった。女パトロンの電話番号は、短縮ナンバーで登録してあるようだ。

電話が繋《つな》がった。相馬は、部屋に押し入ってきた謎の人物に自分が三年前の強盗殺人事件と一昨日の二人の刑事殺しに関与していると疑われて困惑していると郁恵に早口で喋《しゃべ》った。刈谷は左手で相馬のスマートフォンを奪い取って、左の耳に当てた。

「このスマホに保存されてる動画映像を勝手に観せてもらった。熟女のオーラル・セックスは濃厚だね。それから、騎乗位で腰を使ってたな。相馬がかわいいんで、ハメ撮りを許したんだろうね」

「何者なんです⁉」

「淫《みだ》らな映像をネットにアップされたくなかったら、嘘をつかないことだな。あんたは三年前、夫の店に若いツバメを押し入らせて五億円相当の貴金属を強奪させなかったか？」

「わたし、駿にそんなことはさせてません！」

「その言葉を鵜呑《うの》みにできないな」

「なぜ？」

「あんたは、相馬に盗んだ車で旦那の宇佐美昌也を轢き殺してくれと頼んだんだって？」

「駿が喋っちゃったのね」

「そうだ」

「半分は冗談だったのよ。それに駿が怖気《おじけ》づいたんで、夫を亡《な》き者にはできなかった。でもね、彼に『光輝堂』に押し入ってくれなんて頼んだことはないわ。本当に本当よ。ガードマン殺しには、駿もわたしも絡んでません。もちろん、二人の刑事の殺害事件にも関与してないわ」

「そうか」

「駿のスマホの保存画像や映像をすべて削除してくれたら、あなたに三百万円差し上げるわ」

宇佐美郁恵が話題を変えた。

「何か勘違いしてるな」

「えっ、どういう意味なの？」

「こっちは金が欲しいわけじゃない。三年前の強盗殺人事件の真犯人を割り出したくて、相馬駿の部屋に押し入ったんだよ」

「あなたは誰なんです？」

「年下の彼氏がハメ撮りした動画を悪用したりしないから、安心してくれ」

刈谷は通話を切り上げ、スマートフォンを相馬に返した。

「おれがそっちを罠に嵌めたことを警察に言ってもかまわないぞ。ただし、おれはそっちの弱みも知ってる」

「警察には通報しないよ」

相馬が即座に答えた。

刈谷は折り畳んだ西洋剃刀を長椅子の背後に投げ放ち、玄関ホールに急いだ。

2

信号が赤に変わった。

刈谷はレンタカーの速度を緩《ゆる》め、ブレーキペダルを踏み込んだ。帯広《おびひろ》市の位置する十勝《とかち》地域を貫いている国道二四一号線を北上中だった。

借りた車は白いカローラだ。とかち帯広空港の近くにあるレンタカー営業所の車だった。相馬駿を締め上げた翌日の午後三時数分前である。

刈谷は前夜、宇佐美郁恵と相馬の二人はシロだという心証を得た。少し気落ちしたままで、彼は午前九時過ぎにアジトに顔を出した。

すると、思いがけなく西浦・堀班が昨夜のうちに新事実を摑んでくれていた。黒木芽衣の同僚の証言によって、彼女が半年前まで交際していた元クラブＤＪの広瀬拓磨《ひろせたくま》が大麻取締法違反で検挙されていたことがわかったのである。

二十七歳の元ＤＪは不起訴処分になったが、働いていた西麻布のクラブを解雇された。その後、広瀬は故郷の北海道に戻っている。定職には就いていないようだが、いまも芽衣とはメールの遣《や》り取りをしているらしい。

『潜行捜査隊』は黒木兄妹が広瀬から乾燥大麻を手に入れ、ネットで密売していると睨んだ。

大麻は中央アジア原産のアサ科の一年草で、雌雄異株《しゆういしゆ》である。温帯では高さ二、三メートルに生長する。学名はカンナビス・サティーバだ。

非常に生命力が強く、寒帯から熱帯にかけて広く分布している。繊維用に栽培されているが、野生大麻草もある。北海道内には野生の大麻草が少なくない。

大麻には繊維質のほか、樹脂、ろう、精油、アルカロイドなどが含まれている。麻酔成分は花房の葉、包葉《ほうよう》、花穂《かすい》の樹脂に多い。

栽培されている大麻草は晩夏に収穫されているが、野生大麻は初夏から刈り取られている。むろん、違法行為だ。

麻の葉や花穂を乾燥させたものが、いわゆる大麻《マリファナ》だ。アヘンと同じぐらいに人類との関係が古いドラッグである。英語圏では、カンナビス、ヘンプ、マリファナなどと呼ばれている。俗語となると、ポット、グラス、スモークなど百以上もある。

大麻煙草を喫《す》うと、数時間、陶酔感を味わえる。興奮剤の要素もあるが、大麻で幻覚を見ることは稀《まれ》だ。有効成分を多く含んでいる大麻樹脂《ハッシッシ》は高揚感が強いと言われている。

刈谷はシングルマザー刑事とコンビを組み、広瀬の行動を調べることになったのである。羽田空港を発《た》ったのは、午後一時前だった。フライト時間は一時間三十五分だ。堀・入江班は黒木芽衣の勤め先の近くで張り込んでいる。

信号が青になった。刈谷はレンタカーを発進させた。

「一部の国やアメリカの州によっては大麻所持は合法だけど、日本では禁じられてる」

助手席で、律子が言った。

「そうですね。個人的にはマリファナぐらいは問題ないと思いますが、堅物が多いから……」

「わたしもマリファナ煙草は、普通の煙草とあまり変わらないから、合法にしてもいいと思うわ。警察官がこんなことを言っちゃ、まずいんだけどね。でも、いいか。わたしたちメンバーは問題児ばかりなんだから」

「そうですね。広瀬の実家は士幌町《しほろちょう》にあるんでしたっけ？」

「そう。西吉野《にしよしの》だから、この先の協進《きょうしん》交差点を左折して二七四号線に入るんだと思うわ」

「西浦さん、土地鑑があるみたいですね」

「えへへ。娘の父親が釧路《くしろ》市の出身なのよ。子供を産む前にひとりで彼の生家をこっそりと見に来たことがあるの。惚れた男がどんな土地で育ったのか、この目で見ておきたかったわけよ。そのついでにレンタカーで周辺を回ったの」

「そうだったんですか」

「北海道の自然は雄大で、どこも気に入ったわ。市街地を少し離れると、景色が一変するのよ」

「娘さんのお父さんは、毎朝日報の社会部で警察《サツ》回りをしてたそうですね？」

「わたしが彼と知り合ったときは、そうだったわね。その後、デスクになって所轄回りはしなくなっちゃったけど。そのころの彼は、いかにも熱血記者って感じでカッコよかったのよね」

「ご馳走《ちそう》さま！」

「やだ、別にのろけたんじゃないの。客観的に見ても、とても素敵だったのよ。警察発表をそのまま記事にするようなことはなくて、自分で必ず裏付《ウラ》けを取ってたわ。ほら、警察は都合の悪いことは伏せちゃうでしょ？」

「そうですね」

「そんなとき、彼は署長公舎に乗り込んで署長に面と向かって『恥ずかしくないんですか、真実を隠したりして』とか平気で言ってたようなの」

「硬骨漢なんだな。大新聞の記者でも、警察発表を鵜呑《うの》みにして記事を書いてる連中が多いですからね」

「そうだと思う。娘の父親は権力や権威に嚙みつくことが記者の仕事だと心得てたから、何事にも臆することはなかったわ」

「だから、西浦さんは熱血記者に惹《ひ》かれたんでしょう?」

刈谷は訊いた。

「そう。だけど、彼はもう結婚してたの。それだから、わたし、胸の熱い思いを懸命に封じ込めてた。でも、恋情は萎《しぼ》まなかったのよね。それどころか、膨らむ一方だったわ」

「片想いだったわけじゃないんでしょ?」

「ええ。彼もわたしに同質の感情を懐《いだ》いてたはずだわ。でも、奥さんを裏切ってはいけないとブレーキをかけてたそうよ。だけど、ちょっとした偶然が重なって、わたしたちは一線を越えてしまったわけ。二人ともとても悩んだわ。でも、どうしても別れることができなかったの」

「禁断の恋におちた場合は、ただのカップルよりも結びつきが強くなるみたいですからね」

「そうなのよ。わたしたちは後ろめたさを感じながらも、密会を重ねたの。彼はけじめをつけたいと奥さんにわたしのことを打ち明けて、離婚してほしいと頭を下げたのよ」

「誠意がありますね。中ぶらりんのままでは、二人の女性の心を傷つけることになるからな」

「ええ、その通りね。でも、彼の誠実さが奥さんにはかえって残酷だったのよ」

「残酷だった？」

「そう。奥さんはショックで精神のバランスを崩してしまったの。そのことを知って、わたしは自分が罪深いことをしたと感じたんで、大好きだった彼と別れる決意をしたのよ」

「そのとき、西浦さんは身籠《みご》もってたんでしょ？」

「そう。そのことを彼に打ち明けたら、わたしに背を向けることはできなくなると思ったの。だから、わたしは彼に嫌われるような作り話をして……」

「別の男性の子を宿したと嘘をついたんですね？」

「当たりよ。愛しい男性《ひと》に好きなときに会えない淋しさから、行きずりの相手に抱かれてしまったと嘘をついたの」

「切ない話ですが、西浦さんらしいな。それで、彼は奥さんの許《もと》に……」

「そうなの。娘の父親の欄は空白なのよ。昔風に言えば、私生児よね。娘は中二のころから自分の出自《しゅつじ》に悩んで、時々、わたしに辛く当たるようになったの。わたしのエゴイズムで未婚のままで子供を産んでしまったんだから、娘には申し訳ないと思ってるわ。中絶しようと思えば、まだ間に合ったのよ。だけど、わたし、彼との縁《よすが》を断《た》ち切れなかったんで

「……」

律子が声をくぐもらせて、顔を伏せた。

刈谷は無言でカローラのターンランプを灯《とも》し、協進交差点を左に折れた。車が士幌新橋に差しかかると、律子がつと顔を上げた。

「わたしって、身勝手な女だよね。ひどい母親だわ。娘に一生恨まれても仕方ないと思ってる」

「大人になれば、娘さんも母親が一途《いちず》な愛を大事にしたことは理解できますよ。未成年のうちは西浦さんをふしだらな女と誤解してしまうだろうが」

「優しいね、刈谷ちゃんは。あんまりわたしを労《いたわ》ってくれると、惚れちゃうぞ」

「よかった」

「え？」

「西浦さんがそういう冗談を口にできるようになったんだから、じきにいつも通りになってくれるでしょう」

「女手ひとつで娘を育てなきゃならないんだから、わたしは逞《たくま》しく生きるわよ」

「そうこなくっちゃ！」

「妙な昔話をして、悪かったわね。娘との確執《かくしつ》を他人《ひと》に話すつもりはなかったんだけどさ。刈谷ちゃん、ごめん!」

「水臭いこと言わないでください。おれたちは仲間でしょうが」

「もう大丈夫! わたし、仕事に集中するわ。次の信号を右折して、数百メートル行ったあたりが西吉野だと思うよ」

「わかりました。右折したら、少しスピードを落とします」

刈谷は口を閉じた。

馬鈴薯《ばれいしょ》コンビナートの際《きわ》にある交差点を右に折れて二百メートルほど行くと、西吉野に達した。レンタカーを脇道に入れ、刈谷たちは左右の民家の表札に目をやった。

広瀬拓磨の実家は、三つ目の辻から少し奥に入った場所にあった。敷地は広い。奥まった所に二階建ての家屋が見える。

刈谷は広瀬宅の斜め前の路上にカローラを停めた。

広瀬宅の車庫には、ライトブラウンのワンボックスカーが駐《と》めてあった。後部座席のウインドーには、スモークが貼られている。

「本人が実家にいるかどうか確かめてこようか」

律子が小声で言った。

「レンタカーから出ないほうがいいと思います。あのワンボックスカーは、おそらく広瀬拓磨の車でしょう。対象者《マルタイ》が動きだしたら、追尾しましょう。野生の大麻草を刈り集めに行くかもしれませんからね」

「北海道がいくら広いといっても、昼間、野生の大麻草を集めに行くとは思えないな。夜明けに大麻草を刈り取ってるんじゃない？」

「そうなんだろうな。それで、廃屋か元工場あたりで葉っぱを乾燥させてるんでしょう。そして、広瀬は週に二、三回、黒木兄妹の自宅マンションに乾燥大麻を送ってるんじゃないかな」

「多分、そうなんだろうね。広瀬が動きだすのを待とうか」

「そうしましょう」

刈谷は背凭れに寄りかかった。コンビは、隊長が取り寄せてくれた元クラブＤＪの顔写真を見ている。広瀬が家から姿を見せたら、すぐわかるだろう。

午後四時半になっても、捜査対象者は現われない。外出しているのか。

そうだとしても、家族に広瀬の行き先を訊《たず》ねたりしたら、出先から逃亡されるかもしれない。粘り強く待つほかなかった。

家屋から茶髪の若い男が出てきたのは、午後五時過ぎだった。陽《ひ》は西に傾いていたが、外はまだ明るい。

「やっと広瀬が出てきたわ。瞼《まぶた》が腫《は》れぼったいから、昼寝をしたんじゃないのかな」

律子が言った。

「そうなんでしょう。クラブでDJをやってたんで、夜行型なんだと思いますよ」

「だろうね。仕事してない割には、なんか余裕がありそうじゃない？　野生の大麻草を刈り集めて黒木兄妹に卸し、そこそこの収入を得てそうね」

「そうなんだろうな」

刈谷は短い返事をした。

ちょうどそのとき、広瀬がワンボックスカーの運転席に入った。刈谷はレンタカーを数十メートル後退させた。

ほどなく広瀬の車が自宅のガレージから出てきた。刈谷は、ワンボックスカーを尾行しはじめた。

ワンボックスカーは一キロほど西へ走り、コンビニエンスストアの駐車場に入った。元DJが車を降り、店内に吸い込まれた。ガラス張りで、店の中は丸見えだった。

刈谷はレンタカーを駐車場の端に駐め、フロントガラス越しに店内をうかがった。広瀬は雑誌コーナーの前に立ち、週刊誌とコミック誌の頁《ページ》を捲《めく》りつづけた。

「焦《じ》れったいわね」

律子が呟き、パンチを放つ真似をした。

広瀬が店の外に出てきたのは、およそ三十分後だった。買ったばかりの清涼飲料水のボトルを手にしていた。一本だけだった。ほかには何も持っていない。

広瀬はワンボックスカーに乗り込むと、荒っぽく発進させた。

刈谷は少し間《ま》を取ってから、カローラを走らせはじめた。広瀬の車は裏通りを幾度か右左折すると、士幌高原に向かった。

「高原の向こうには千メートル以上の山が二つ連《つら》なってて、その先に大きな湖があるはずよ。湖の東側には、ナイタイという名の高原牧場があったんじゃなかったかな。広瀬は夕闇が拡《ひろ》がりはじめたころに、野生の大麻草を刈り集める気なのかもしれないわよ」

「そういう流れになったら、元ＤＪを大麻取締法違反で緊急逮捕して、厳しく追及できますね」

「それを期待しようよ」

律子が口を閉じた。

刈谷は慎重にワンボックスカーを追尾しつづけた。広瀬の車は数キロ進み、林道に乗り入れた。あたりに民家は見当たらない。

刈谷はカローラの速度を落とした。充分に車間距離を取って、ワンボックスカーを追った。林道の奥で、ワンボックスカーの走行音が熄《や》んだ。そのあたりに、野生の大麻草が繁っているのか。

刈谷はレンタカーを林道の端に停めた。

律子が心得顔で、助手席から出た。すぐに刈谷もカローラを降り、シングルマザー刑事と肩を並べた。

二人は爪先に重心をかけながら、静かに前進した。林道のどこにも、ワンボックスカーは駐められていない。

刈谷たちは足音を殺しながら、さらに歩いた。

やがて、林道の右手が急に展《ひら》けた。平坦地が拡《ひろ》がり、ワンボックスカーが見えた。その先には、朽《く》ち果てたロッジ風の建物がそびえていた。その横には、牛舎が並んでいる。どうやら潰《つぶ》れた牧場らしい。

刈谷たちコンビは壊れた牛舎に接近した。

破れた羽目板の間から内部を覗《のぞ》く。木箱の上に戸板が載せられ、その上に大きな葉が並べられている。

大麻草だった。あらかた乾いて、水分を失っている。広瀬の姿は見当たらない。どこにいるのか。

二人は足音を忍ばせて、牛舎の前に回り込んだ。はるか前方に、元ＤＪがいた。広瀬は木箱に腰かけ、カッターで乾燥大麻の大きさを揃えていた。

刈谷たちは広瀬の背後に忍び寄った。気配を察した広瀬が振り返る。

「カットしてるのは、乾燥させた野生の大麻草だなっ」

刈谷は声をかけた。

「野生じゃないよ。おれは許可を得て、衣料に使う大麻の繊維を卸してるんだ」

「広瀬拓磨だな？　そっちが大麻取締法違反で麻布署に検挙《アゲ》られたことも調べ上げてるんだよ。ばっくれたって、意味ないぞ」

「くそっ」

広瀬が立ち上がって、斜めにある貯草庫に駆け込んだ。刈谷たちは広瀬を追った。

表に躍《おど》り出てきた広瀬は、牧草を掬《すく》うときに使うヘイフォークを握っていた。フォークの部分は赤く錆《さ》びている。

「麻布署の刑事だな？」

「いや、おれたちは新宿署の者だ。おまえは、元彼女の黒木芽衣に乾燥大麻を卸してるな？」

「誰だよ、黒木芽衣って？」

「とぼける気か」

「本当に知らねえんだよ」

「そうかい」

刈谷は律子を数メートル後方に退《さ》がらせ、身構えた。

「消えないと、こいつであんたをぶっ刺すぞ」

「それだけの度胸があるんだったら、勢いよく突いてみろ」

「おれは本気だぜ」

広瀬がヘイフォークを槍《やり》のように突き出した。

刈谷はわずかに横に動き、軽々と躱《かわ》した。ヘイフォークが広瀬の手許に引き戻された。

次の瞬間、またヘイフォークが突き出された。今度はバックステップで逃れた。

「なめやがって！」

広瀬がヘイフォークを握り直し、片手で高く掲《かか》げた。槍《やり》投げの要領でヘイフォークを放つ。

刈谷は前に走った。頭上をヘイフォークが通過していく。刈谷は広瀬に組みつき、背負い投げで地面に叩きつけた。すかさず広瀬の脇腹を右の膝頭で押さえつける。

「く、苦しいじゃねえか」

「おまえは野生の大麻草を道内で刈り集めて、乾燥させた葉っぱを芽衣に定期的に届けてるな。黒木兄妹はマリファナをネットで密売して、かなりの額の副収入を得てる。そうだなっ」

「しつこいぞ。同じことを何度も言わせせんねえ」

広瀬が悪態をついた。律子が近づいてきて、刈谷に目配せした。自分に任せろということだろう。

「わたしはさ、マリファナ煙草は合法にしてもいいと思ってるのよ。個人的にはね」

「おばさん、話がわかるじゃねえの」

「まだ四十一よ。おばさんじゃなく、お姉さんでしょうが！　お姉さんは無理か。ま、どっちでもいいわ」

「面白い女刑事だな。あんたみたいな警官《マッポ》がもっと増えると、ありがてえな」

「堅物が多いのよね。それはそうと、こっちの捜査に全面的に協力してくれるんなら、黒木芽衣に乾燥大麻を回してやってることは大目に見てもいいわ」

「そう言って、おれを騙《だま》す気なんだろうが！」

「まだ若いのに、ずいぶん疑い深いのね、裏取引をしてもいいって話は嘘じゃないわよ」

「本当なんだな？」

「ええ。なんだったら、指切り拳万《げんまん》してもいいけど」

「おれをガキ扱いすんなっ」

「そうよね、もう立派な青年だものね」

「青年なんて言われると、背中がこそばゆくなるじゃねえか。大麻の件に目をつぶってくれるんだったら、おれ、あんたの質問にちゃんと答えるよ」

「いい子ね」

「またガキ扱いする。やめてくれったら」

「ごめん、ごめん！　野生の大麻をここで乾燥させて、黒木芽衣に卸してるんでしょ？」

律子が訊いた。

「ああ。だいぶ前から週に二、三回ね」

「黒木兄妹はネットでマリファナを密売してるんでしょ？」

「そうだよ。顧客のことはよく知らないけど、それは確かだね。芽衣と兄貴は親の仇を討《と》りたいとかで、まとまった金を都合つけたいんだってさ。芽衣の話によると、親父さんは三年前の強盗殺人事件の犯人に仕立てられたらしいんだ。警視庁捜査一課の刑事と上野署にいた捜査員に芽衣の親父さんは強盗殺人犯だと疑われて、刑務所に送られたんだってさ。けど、親父さんは無実だったんだよ。裁判のやり直しを望んでたんだけど、服役して間もなく病気で死んじゃったらしい」

「その話は事実よ。黒木兄妹は父親を強盗殺人犯と極《き》めつけた二人の刑事に復讐したくて、代理殺人の報酬を工面する気だったのね」

「芽衣は、はっきりとおれにそう言ってたよ。それで、おれに自分たち兄妹に代わって二人の刑事を始末してくれそうな奴を知らないかと訊いてきたんだ。殺し屋に知り合いなんかいないから、おれは力になれないと答えたよ」

「そう。その後、黒木芽衣から復讐殺人を代行してくれる実行犯が見つかったという話を聞いたことは?」

「そんな話は聞いてないね。芽衣たち兄妹が殺し屋を雇ったの?」

「そこまでの確証はないんだけど、兄妹には疑わしい点があるのよ」

「だから、あんたたちは芽衣と兄貴のことをいろいろ調べてるわけか」

広瀬が言った。

「そういう質問には答えちゃいけないことになってるんだけど、察しはつくでしょ?」

「まあね。くどいようだけど、警察は裏取引に応じてくれるんだよな」

「ええ。でも、司法取引のことは誰にも喋っちゃ駄目よ」

「わかってる」

「もういいでしょ？」

律子が刈谷に顔を向けてきた。

刈谷は小さくうなずき、すっくと立ち上がった。広瀬が脇腹を撫《な》でさすりながら、上体を起こした。

「大麻を売り捌きつづけてると、そのうち地元署に逮捕《パク》られるぞ」

刈谷は広瀬に忠告して、踵《きびす》を返した。すぐに律子が追ってくる。

「新津さんに連絡して、すぐ黒木兄妹に任意同行《ニンドウ》をかけてもらったほうがいいかな。刈谷ちゃん、どう思う？」

「兄妹が二人の刑事殺しの実行犯でないことは確かです。芽衣たちが殺し屋を雇ったとしても、すぐには口を割らないでしょう」

「わたしも、そう思うわ。しばらく兄妹を泳がせて、実行犯を突き止めたほうがよさそうね」

「そうしましょう。隊長には広瀬の証言だけを伝えて、できるだけ早く東京に戻りましょうよ」

「そうね」

二人は足を速《はや》めた。

3

宅配便トラックが停まった。

目白《めじろ》にあるファミリーレストランの広い駐車場だ。黒木恭太が運転席から降り、店の中に入っていった。

元DJを締め上げた翌日の午後一時半過ぎである。刈谷はスカイラインの助手席に坐っていた。

「おれたちもファミレスで昼飯を喰《く》うっすか」

堀が意味もなくハンドルを撫でながら、大声で言った。腹が空いたのだろう。

刈谷たちは朝九時にヤマネコ運輸高田馬場営業所の近くで待ち受け、黒木恭太のトラックを追尾してきた。黒木は配達先を順番に回るだけで、別に気になる動きは見せなかった。

「ランチタイムのピークは過ぎてるんで、客は疎《まば》らだ。同じ店に入るのは避けよう。黒木に顔を憶《おぼ》えられると、尾行できなくなるからな」

「そうっすね。この近くのラーメン屋にでも入るっすか?」

「昼飯はもう少し後《あと》にして、代官山のブティックを張ってる西浦・入江班をファミレスに呼ぼう」

「兄貴の追尾を西浦さんたちにチェンジしてもらって、自分たち二人は代官山の芽衣の勤め先に行くんすね？」

「そうだ」

刈谷は刑事用携帯電話《ポリスモード》を取り出して、律子のスマートフォンを鳴らした。ツーコールで、電話は繋がった。

「そっちに何か動きがありました？」

「うん、ちょっとね。芽衣が二十分ぐらい前にブティックを出て、タクシーに乗ったのよ。昼食を近くの食べ物屋で摂《と》るのかと思ってたんだけど、対象者《マルタイ》がタクシーを拾ったの。現在、尾行中よ」

「現在地はどこなんです？」

「目白の少し手前よ」

「えっ、タクシーは目白に向かってるんですか⁉」

「うん、そう。驚いたようだけど、どういうことなの？」

シングルマザー刑事が問いかけてきた。刈谷は、黒木恭太が少し前に目白のファミリーレストランに入ったことを教えた。

「きっと妹は、そのファミレスで兄貴と落ち合うことになってるにちがいないわ」

「そうみたいですね。おれたちはファミレスの前で待機してます。芽衣が同じ店に来たら、尾行をチェンジしましょう。西浦さんたち二人は、恭太のほうを尾けてください。おれと堀は妹のほうを追いますんで」

「わかったわ」

「妹の行き先が目白じゃなかったら、電話をくださいね」

刈谷は通話を切り上げ、律子から聞いた話を堀に伝えた。

「黒木兄妹は殺し屋《プロ》に二人の刑事を片づけさせたことを警察に勘づかれたと思ったんで、高飛びする気になったんじゃないっすかね?」

「そうだとしたら、二人とも出勤しないだろうが?」

「どっちも仕事を休んだら、高飛びする気じゃないかと捜査当局にすぐ疑われちゃうでしょ? だから、兄貴も妹も一応、勤め先に顔を出したんじゃないっすかね。二人は、予《あらかじ》めキャリーケースをどこかに置いてあって……」

「ファミレスで落ち合って、すぐに兄妹は高飛《ジャンプ》びする気なんだろうか。堀、ほかにどんなことが考えられる?」

「あっ、もしかしたら……」

「先をつづけてくれ」

「兄妹は警察に怪しまれてると感じて高飛びする気になったんじゃないとしたら、復讐殺人の代行を依頼した実行犯に脅迫されたのかもしれないっすね」

「殺人依頼した弱みにつけ込まれて、成功報酬をもっと多く払えと凄まれたんだろうか」

「それだけじゃなくて、大麻密売の収益《アガリ》をそっくり吐き出せって脅されたんじゃないっすかね。さらに妹の芽衣は、代理殺人の実行犯に体を求められたんじゃないのかな」

「それで黒木兄妹は堪《たま》らなくなって、どこかに逃げる気になったんだろうか」

「どっちかだと思うっすね」

堀が口を閉じた。

それから間もなく、ファミリーレストランの前に一台のタクシーが停まった。降り立った客は黒木芽衣だった。芽衣は、兄のいるレストランに入っていった。

タクシーが走り去ると、スカイラインの後ろにチームのプリウスが停止した。刈谷は上体を捻《ひね》った。プリウスの運転席にいる奈穂と目が合った。

刈谷は、ファミリーレストランの駐車場を指さした。奈穂が小さくうなずく。

堀が先にスカイラインを店の専用駐車場に入れた。少し経《た》ってから、プリウスがスカイラインの横に並んだ。

律子と奈穂が相前後して車を降り、素早くスカイラインの後部座席に乗り込んできた。

「なぜ黒木兄妹は、このファミレスで落ち合ったんですかね」

奈穂が誰にともなく言った。刈谷は、堀が推測したことを二人の女性刑事に喋った。

「芽衣が勤め先の『セシル』を出たとき、別に深刻そうな表情はしてなかったわよ」

律子が刈谷を見ながら、そう言った。

「そうですか」

「兄貴のほうはどうだったの？」

「特に思い詰めてる様子はなかったですね」

「ならさ、堀の読みは外れなんじゃないのかな。捜査の動きが気になってたら、もっと早い時期に逃亡する気になってると思うの。それから、雇った実行犯に脅迫されたんだとしたら、その時点で兄妹は逃げてるはずだわ」

「そうでしょうね」

刈谷は律子に応じてから、奈穂の意見を求めた。

「堀さんの推測にケチをつける気はないんだけど、わたしは西浦さんと同じように……」

「そうか」

新しい「面白い！」をあなたに

祥伝社文庫

祥伝社黄金文庫

小説NON《ノン》

コフレ

http://www.shodensha.co.jp/

「誰かが客になりすまして、店内で兄妹の遣《や》り取《と》りを盗み聴きする手は危険すぎますかね？」

「メンバーの誰かが二人の席に接近するのはまずいな。四人とも兄妹にまだ素姓は知られてないと思うが、万が一、バレてたとしたら、隠れ捜査を断念せざるを得なくなるからさ」

「そうですね。広瀬の証言があるんですから、もう兄妹を直《じか》に揺さぶってもいいんじゃないですか？」

「奈穂、あまり功を急いじゃ駄目よ」

律子が話に加わった。

「乾燥大麻を兄妹が広瀬から手に入れてネットで密売してることは間違いないでしょうから、二人は案外、すぐに落ちる気がするんですけどね」

「大麻を密売してたことは素直に認めると思うよ、兄も妹もね。でも、父親の無念を晴らしたくて、誰か第三者に二人の刑事を始末させたとは自白《ウタ》わないと思うよ」

「そうでしょうか」

「奈穂、考えてごらん。兄妹は殺人代行の報酬を工面するために大麻のネット密売をやってるようなのよ」

「その疑いは濃いというか、ほぼ間違いないでしょうね」

「兄妹は目的を果たすためには犯罪者になることも厭《いと》わないと肚《はら》を括《くく》ったのよ。だから、殺人を誰かに委託《いたく》したことをやすやすと吐くとは思えないな」

「西浦さんにそう言われると、そんな気もしてきたわ」

「わたしの勘が外れるかもしれないんだから、奈穂、もっと自信持ちになって」

「ベテランに読みが外れてるんじゃないかって言われたら、自信が揺らぐっすよ」

堀が奈穂を庇《かば》った。

「あっ、堀は奈穂に惚れちゃったな。ビンゴでしょ？」

「入江は、いい娘《こ》っすよ」

「二十五過ぎた女性を娘っ子扱いしないのっ。堀はそんなふうだから、女にモテないのよ。あんた、気は悪くないんだけど、デリカシーがあるとは言えないしね。それに、外見も野暮ったいよ。組員みたいな身なり《ナリ》してると、いつまでも女が寄ってこないぞ。奈穂に好《す》かれたかったら、いろんな意味でカッコよくならなきゃ。もっとクールになりなさい」

「西浦さん、話を飛躍させないでほしいっすね。おれ、入江のことは好きっすけど、別に恋愛感情なんか懐《いだ》いてないっすよ」

「わたし、なんか話を脱線させちゃったみたいね。刈谷ちゃんは、まだ黒木兄妹を泳がせたほうがいいと思ってんでしょ？」

「ええ」

「だったら、車ん中で腹ごしらえしようよ。こんなこともあるかと思って、家の近くのコンビニでツナサンドや菓子パンをたくさん買っといたの。缶コーヒーも四人分あるわ。ちょっと待ってて」

律子がスカイラインを降り、プリウスの後部座席に置いた自分のトートバッグを取ってきた。スカイラインに戻ると、彼女は仲間に食べ物と缶コーヒーを配った。

「遠慮なくいただきます」

刈谷は缶コーヒーのプルトップを開け、クリームパンを頬張りはじめた。部下たちもツナサンドや菓子パンを手に取った。

「足りなかったら、わたし、コンビニでおにぎりか弁当を買ってくるわよ」

律子がメロンパンを齧《かじ》って、誰にともなく言った。最初に口を開いたのは奈穂だった。

「西浦さんにそんなことさせられませんよ。お腹が一杯にならなかったら、わたしが何か買ってきます。堀さん、何か食べたい物がありますか？」

「特にないけど、二人の女性にそんなふうに言われると、家庭を持ってもいいって気分になるな。主任は、どうっすか？」

「おれは当分、身を固める気はないな。めったに自炊はしないが、ある程度の料理はできるんだ」

「えっ、そうなんすか⁉　意外っすね。どんな料理ができるんす？　カレーライスとか炒飯っすか」

「なめんなって。中華料理なら、酢豚《すぶた》も作れるよ」

「マジっすか⁉　主任は恋愛体験が豊富みたいだから、つき合った女性たちに料理を習ったんでしょうね」

「そうじゃないんだ。おれは親父が苦手だったし、姉とも波長が合わなかった。だから、小・中学校のころは学校や遊びから戻ると、よくキッチンでおふくろが夕食の支度をするとこを眺めてたんだよ」

「それで、見よう見真似で……」

「そうなんだよ。若いOLなんかよりは、料理のレパートリーは多いかもしれないな」

「本当っすか？」

「半分は冗談だが、さほど手の込んでない料理はできるよ」

「いつか主任のマンションで、うまいもんを喰わせてもらいたいっすね」

「おれは、セクシーな若い女性にしか料理を振る舞わない主義なんだ」

刈谷は雑《ま》ぜ返し、缶入りコーヒーを喉に流し込んだ。

律子と奈穂が顔を見合わせ、白けた笑い方をした。女性には受けないジョークだったのだろう。

ファミリーレストランから黒木兄妹が姿を見せたのは、二時二十分ごろだった。

兄が先にトラックの運転席に坐った。妹が助手席に腰を沈めた。

「二台の車で宅配便トラックをリレー尾行しよう」

刈谷は三人の部下に言った。律子と奈穂が急いでプリウスの中に戻る。

宅配便トラックがファミリーレストランの駐車場から出ていった。堀が先にスカイラインを走らせはじめた。プリウスが追ってくる。ハンドルを操っているのは奈穂だった。

黒木の車は山手通りをひたすら走り、目黒通りに入った。チームの車輌は前後になりながら、宅配便トラックを尾行しつづけた。

マークした車は環八《かんぱち》通りを右折し、玉川台《たまがわだい》方向に進んだ。玉川通りを突っ切り、しばらく道なりに走った。

行き先に見当はつかなかった。宅配便トラックが停まったのは、世田谷区砧《きぬた》四丁目にある花屋の前だった。芽衣だけがトラックを降り、花屋の中に入っていった。

「この近くに黒木兄妹の両親の墓があるのかもしれないな」

ガードレールに寄せられたスカイラインの中で、刈谷は堀に言った。

「そうなんすかね。あっ、黒木弓彦が獄中で病死したのは三年前のいまごろっすよ」

「そうだったな。兄妹は目白のファミレスで待ち合わせて、死んだ父親の墓参りに行くだけなんだろうか」

「だとしたら、なんか肩透かしを喰った感じっすね」

堀は落胆した様子だった。

数分後、芽衣が花屋から出てきた。抱えているのは仏花だった。どうやら勘が当たったらしい。

ふたたび宅配便トラックが走りだした。

スカイラインとプリウスは、リレー尾行をつづけた。三百メートルほど先に、寺があった。宅配便トラックは境内《けいだい》に滑り込んだ。さほど境内は広くない。

チームの車は、それぞれ門前の路上に停まった。少し間《ま》を取ってから、刈谷たち四人は車を降りた。

足音を忍ばせつつ、境内に入る。兄妹の姿は掻《か》き消えていた。本堂か庫裏《くり》にいるのだろうか。刈谷は本堂に目をやった。

そのとき、奈穂が境内の左側にある墓所を指さした。刈谷は視線を延ばした。

墓地の中ほどの通路に黒木兄妹が並んで立っていた。

二人の目の前には、黒木家の墓石があった。すでに花は手向《たむ》けられている。線香の煙も立ち昇っていた。

黒木恭太が先に墓石に手を合わせた。合掌を解いたのは数分後だった。遺児は、無念な死を遂げた父に仇を討ったとでも心の中で報告しているのか。

兄が横に移動した。妹の芽衣が両手を合わせた。やはり、合掌時間は短くなかった。

「二人は墓参りのために落ち合っただけなんでしょう。入江と一緒に住職から兄妹に関する情報を集めてもらえますか」

刈谷は小声で律子に言った。

「了解！　刈谷ちゃんと堀君は宅配便トラックを追尾するのね？」

「ええ」

「それじゃ、ここで別れよう」

律子が刈谷に告げ、かたわらの奈穂を目顔で促《うなが》した。二人は植え込みの陰に身を潜《ひそ》めた。

刈谷は堀と一緒に境内を出て、スカイラインに乗り込んだ。

「この後、兄妹はどうするんすかね？」

「多分、兄貴は妹を代官山の『セシル』に送り届けて、配達の仕事をするんだろう」

「そうなんすかね。二人が何かボロを出してくれることを期待してたんすけど、きょうも徒労に終わっちゃうのかな」

「堀、ぼやくなって。捜査は無駄の積み重ねなんだ。腐っちゃいけないよ」

「そうっすね」

会話が途切れた。ちょうどそのとき、寺の境内から黒木兄妹が出てきた。すぐに二人は宅配便トラックの中に入った。

刈谷たちコンビは、また黒木の車を尾けはじめた。宅配便トラックは来た道を逆にたどって、やがて代官山駅近くにあるブティックに横づけされた。

芽衣が助手席から降り、兄に何か短い言葉をかけた。礼を言ったのだろう。

宅配便トラックが走りだした。芽衣が『セシル』の中に消えた。

「主任、どうするっすか？　兄貴のトラックを追っかけても、おそらく収穫はないと思うっすよ」

「今度は、妹のほうに少し張りついてみよう」

「了解っす」

堀がスカイラインを少しバックさせ、路肩に寄せ直した。ブティックから三十メートルほど離れた場所だった。

十分ほど経過したころ、奈穂から刈谷に電話がかかってきた。

「住職は外出中だったんで、奥さんから話をうかがっただけなんですよ。兄妹は父親の祥月命日《めいにち》はもちろん、月命日《つきめいにち》にも二人で揃って墓参りをしてるそうです。本堂に寄ることは少なく、たいがい墓所に直接行ってるという話でした」

「そうか。で、兄妹は亡父の恨みを晴らしてやったというようなことは口にしてなかったのかな」

「そういったことは二人とも言ってなかったらしいんですが、最近、兄妹の表情が少し明るくなったような気がすると……」

「住職の奥さんはそう言ってたのか」

「ええ。主任、黒木兄妹は父親を強盗殺人犯扱いした落合、吉崎の両刑事を殺し屋《プロ》か誰かに葬ってもらったんで、少し表情が明るくなったんではありませんかね？」

「入江、勘や臆測を頼りにすると、すぐに限界にぶつかるぞ。おれは自分の苦い体験を語っただけだよ。別に先輩風を吹かすつもりはないんだ」

「わかってますよ。兄妹はどうしました？」

「兄が妹を勤め先に届けて、配達をするようだ。おれたちは『セシル』の近くで張り込みはじめたとこなんだよ。西浦・入江班は、ヤマネコ運輸の高田馬場営業所に回ってくれないか」

刈谷は指示を与え、通話終了キーを押し込んだ。

4

店内は丸見えだった。

ブティックと同じ通りにあるイタリアン・レストランだ。黒木芽衣は、窓際のテーブル店で同僚の女性店員と向かい合っていた。

午後九時を回っている。芽衣は勤め先の営業時間が過ぎると、同僚を食事に誘ったのだ。

「芽衣の同僚の名は、山科《やましな》だったかな?」

刈谷は運転席の堀に確かめた。スカイラインは、イタリアン・レストランの斜め前の暗がりに路上駐車中だった。

「胸の名札には、そう記《しる》されてたっすね。彼女、二十二、三歳でしょう。個性的な美人っすね」

「好みのタイプらしいな。ナンパしたいんだったら、おまえを自由にしてやってもいいぞ」

「ああいうタイプは嫌いじゃないっすけど、若すぎるっすよ。二十代後半から三十一、二歳じゃないと、恋愛の対象にはならないっす」

「ま、そうだろうな。それはそうと、芽衣は山科って同僚店員に何か頼みごとをしてる様子だな」

「そうっすね」

「二人が別れたら、山科って娘《こ》に探りを入れてみよう」

「了解っす」

　会話が中断した。

　そのとき、新津隊長から刈谷に電話があった。

「少し前に署長室からアジトに戻ったとこだ。副署長にせっつかれて、本多署長は桜田門に協力を要請したそうだ」

「そうですか」

「残念ながら、今回は初動捜査で落合殺しの事件《ヤマ》を落着させられなかった。わたしの作戦がまずかったのかもしれないな」

「隊長、そんなことはありませんよ。わずか数日後で事件をスピード解決させるのは、そう簡単なことじゃないですからね」

「そうなんだが……」

「これまでは運に恵まれて初動捜査でなんとか何件か片をつけてきましたが、いつもそういうわけにはいかないですよ。署長に何か言われたんですか？」

「別に発破《はっぱ》をかけられたわけじゃないんだが、優秀なメンバーをうまく動かせなかったわたしに判断ミスがあったんだろう」

「おれたち四人の努力が足りなかったんでしょう。署に捜査本部が設置されても仕方ありませんよ。本庁の落合警部補が殺され、上野署から四谷署に異動になった吉崎刑事も殺害されたんです。捜一の課長、理事官、管理官は新宿署からもっと早く協力要請があると思ってたはずです。現職警官が二人も殺《や》られたわけですからね」

「そうにちがいない。新宿署《うち》の副署長は本庁の偉いさんたちに嫌われまいとして、本多署長をせっついたんだろう」

「捜査本部《チョウバ》に出張《でば》ってくるのは？」

「精鋭揃いの殺人犯捜査六係の十四人が明日から署に詰めることになったそうだ。それからね、吉崎殺しの事件を扱ってる渋谷署にも明日の正午過ぎに捜査本部が設けられるらしい。そっちには八係が出向くそうだ」

「そうですか」

「渋谷署刑事課のメンバーは熱心に地取りと鑑取りに励んだようだが、新宿署《うち》と同じく初動捜査では容疑者を絞り込めなかった」

「渋谷署の刑事課には、敏腕刑事が何人もいるんですがね」

「それだけ今回の事件《ヤマ》は難しいってことだろう。しかし、白星を取りつづけてきた特殊チームとしては面目を潰されたくない」

「ええ、それなりの意地がありますからね」

刈谷は新津と同じ気持ちだった。

「チームの手柄が表に出ることはないが、正規の捜査員たちには負けたくないんだ。組織から食《は》み出した異端児をすぐに閑職に追いやる体質そのものを改めないと、警察はまともな組織にならない」

「おれも、そう思ってますよ」

「わたしは準キャリアだが、学校秀才の警察官僚たちみたいに利己的な生き方はしたくないんだよ。彼らは要職に就《つ》くことで勝ち馬になった気でいるようだが、志《こころざし》が低すぎるね。自分らはエリートだと自負してるんだったら、社会に何らかの貢献をしないとな。役立つことをして、初めて真のエリートと言えるんじゃないのか」

「隊長、珍しく喋りますね。アルコールが入ってるのかな」

「素面《しらふ》だよ。夕方、ちょっと不快な思いをしたんだ。警察庁の幹部に呼び出されてね、自分に協力してくれれば、わたしを本庁に復帰させてやると言われたんだよ」

「どんなことを求められたんです？」

「警察官僚たちが出身大学ごとに派閥を作ってることは、刈谷君も知ってるね？」

「ええ。最大派閥は東大出身者ばかりで、二番手の勢力は京大出で固めてる」

「そう。その他の旧帝大系国立大や名門私大出身者は少数派だ。準キャリ組に、東大や京大出はきわめて少ないんだよ」

「そう聞いてます」

「わたしを呼びつけた警察庁の偉いさんは京大出身者で、少数派のキャリアや準キャリ組を自分たちの派閥に取り込みたがってるんだ」

「勢力を拡大して、東大出のグループと対抗する気なんでしょうね」

「そうなんだ。それで、その警察官僚はわたしに地方大学か名門私大出のキャリアと準キャリアを取り込んでほしいと頭を下げたんだよ」

「引き抜きのスカウト料を渡されそうになったのかな？」

「いまも警察が裏金づくりに励んでることは公然たる秘密だが、引き抜き料なんか払う気はないさ。偉いさんは、わたしに少数派の私生活の乱れを調べ上げて……」

「報告してくれと言ったんですね？」

「そうなんだよ。いつか警視総監か警察庁長官になるかもしれないエリートが、真顔《まがお》でそう言ったんだ。やくざどもと同じじゃないかっ」

「そうですね」

「呆れて二の句がつげなかった。もちろん、はっきりと断ったよ。そうしたら、ずっと捜査資料室の室長を務《つと》めることになるだろうと薄笑いしたんだ。思わずコーヒーテーブルの上にあった南部鉄器の灰皿を摑んで、偉いさんのてかった額を叩き割ってやりたくなったよ。さすがに、そこまではやらなかったがね」

「隊長が激昂《げっこう》しそうになった気持ち、わかりますよ。そんなことがあったんですか」

「そういう警察官僚たちが巨大組織を牛耳ってるようでは、世も末さ。このままでいいわけない。問題だらけの縦割り社会をいったんぶっ壊す必要がある」

「ええ、そうですね」

「本多署長はだらけ切った組織に活を入れたくて、非公式の特殊チーム『潜行捜査隊』を密かに誕生させた。わたしも同じ考えなんで、いまの任務に力を傾けてるんだよ。それだけに、今回、初動で事件を落着させられなかったことがなんだか悔しくてね」

「第一期内には、二人の刑事を殺した被疑者《マルヒ》を突きとめます」

「よろしく頼むよ。いろいろカッコいいことを言ったが、本音を言うと、殺人捜査は一種の遊戯《ゲーム》だと思ってるんだ。獲物、つまり犯人だね。大勢の狩人が獲物を追いつめようとしてる。やはり、真っ先に獲物を仕留《しと》めたいじゃないか。子供っぽい考えだがね」

　新津が自嘲した。

「おれにも、そういう気持ちはありますよ。職場でそんなことを洩らしたら、不謹慎だと誇《そし》られそうなんで……」

「黙ってた?」

「ええ、そうです」

「わたしも同じだよ。余計なお喋りをしてしまったが、署長に直《じか》に仕えてる日垣警部から気になる情報が入ったんだ」

「どんな情報なんです?」

　刈谷は気持ちを引き締めた。

「三年前に発生した強盗殺人事件で重要な証言をした男女が一昨日《おととい》の夕方から行方がわからないらしいんだ」

「男の証言者は笠憲次《りゅうけんじ》という名で、確か三十三歳でした」

「記憶力がいいね」

「数日前に事件調書を読んだばかりですから」

「それにしても、たいしたもんだ。刑事殺しの件ではなく、強盗殺人事件の目撃証言者の名前まで憶えてるんだから。話が逸れてしまったが、もうひとりの証言者は古屋香織《ふるやかおり》、三十七歳だね」

「確かそんな名前だったな。笠は『光輝堂』の近くにある靴屋で働いてるんでしたよね。店の名は、レインボー靴店でしょ？」

「そう。古屋香織は、アメヤ横丁にある乾物屋に勤めてるんだ。どちらも独身だね。二人は職場をいつもよりも早く出て、どこかに向かったらしいんだ。急いでる様子だったというから、笠憲次と古屋香織は誰かに呼び出されたんじゃないだろうか」

「そうなのかもしれませんね」

「真っ先に黒木弓彦の二人の遺児のことが頭に浮かんだんだよ、わたしは。黒木を犯人として地検に送致した落合、吉崎の両刑事が同じ日に殺害された。二人の被害者は笠と古屋香織の証言を重要視して、黒木弓彦を強盗殺人事件の加害者と断定した」

「ええ、そうですね。しかし、誤認逮捕だった可能性があります。現に黒木弓彦は服役中に自白は落合と吉崎に強要されたものだと供述を翻し、再審申し立てをする気でした。しかし、獄中で病死してしまいました」

「そうだったね」

「父親が潔白だったと明らかになる前に死んでしまったわけだから、遺された息子と娘は遣り切れない気持ちだったでしょう」

「そう考えると、やはり黒木兄妹が怪しく思えてくるな」

新津が言った。

「ええ、疑わしい点はありますね。しかし、兄妹は刑事殺しの件ではアリバイが立証されてる。どちらかが落合と吉崎を殺害した可能性はゼロです。ただ、第三者に二人の刑事を始末させたと疑えなくもありません。落合警部補たち二人が勇み足をしなければ、黒木弓彦は刑務所にぶち込まれることはなかったわけですから」

「黒木弓彦の子供たちは当然、父親を陥れるような証言をした笠と古屋香織も恨んでたにちがいない」

「そうでしょうね」

「刈谷君、兄妹が荒っぽい男たちを雇って笠憲次と古屋香織を拉致させ、どこかに監禁してるとは考えられないだろうか。そうだったとしたら、黒木の遺児たちは二人の証言者になぜ嘘の証言をしたのかと強く迫ったんだろうな」

「三年前の事件調書を読んだ限りでは、笠と古屋香織の二人は黒木弓彦と面識はなかったはずです」

「二人の証言者は黒木弓彦と接点がなかったわけだ。そんな笠憲次と古屋香織が偽証する必然性はないと思われるな。刈谷君、黒木弓彦は本当に冤罪に苦しめられてたんだろうか」

「本当はクロだったが、身内のことを考えて無実だと供述を翻したんではないか。隊長は、そう考えたんですね？」

「会ったこともない人間に対して悪意を抱く者なんかいないいんじゃないか」

「普通はそうでしょう。しかしですね、笠と古屋香織に何か事情があったとすれば、話は違ってきます」

刈谷は、思っていることを口にした。

「何か事情があったとすれば？」

「ええ。たとえば、目撃証言をした二人は真犯人を目撃したんだが、その人物は暴力団組員だったのかもしれません」

「目撃したことをありのまま警察に話したら、後で仕返しをされるかもしれないと思って、事実を喋らなかったんだろうか」

「まったくあり得ない話じゃないと思います。あるいは、証言者の男女は犯人に世話になったんじゃないでしょうか」

「刈谷君、『光輝堂』の宇佐美社長は確か二人の証言者とは面識がないと言ってたはずだぞ」

「ええ、そうでしたね。しかし、宇佐美社長が喋ったことは事実なのかどうか……」

「社長が本当は顔見知りだった笠や香織とは会ったこともないと嘘をついて、二人に偽証させたんじゃないかってことだね？」

「穿《うが》った見方をすれば、そう疑えないこともありません。そうだとすれば、『光輝堂』の社長は狂言を企《たくら》んだんでしょう」

「強盗殺人事件は狂言だったかもしれないだって⁉」

新津隊長が声を裏返らせた。

「どの貴金属店も同じでしょうが、高額な宝飾品にはすべて盗難保険がかけられてます」

「そうだろうね。宇佐美が誰かに自分の店の五億円相当の宝飾品を盗ませたとしても、それを換金することはできないと思うよ。同業者や故買屋に売ったら、相手に怪しまれることになるじゃないか」

「ええ、そうですね。ただ、外国の闇宝石ブローカーに品物を引き取ってもらう手はあります。そういう方法で換金すれば、狂言は看破《かんぱ》されないでしょう」

「きみの推測は、あまり説得力がないな。三年前の事件調書を読んだが、『光輝堂』は創業以来、一度も赤字になっていない。社長が金に困ってる様子はなかったんだ。それに宇佐美が盗難保険金を騙《だま》し取りたくて狂言を企てたことが発覚したら、その時点で商売できなくなるだろう」

「そうでしょうね。そうしたリスクを承知の上で、社長は何か必要に迫られて偽装強奪事件のシナリオを練ったとも疑えます。意地の悪い見方ですがね」

「きみの筋読み通りなら、『光輝堂』の社長は少しまとまった金を笠憲次と古屋香織に渡して、偽証してもらった疑いがあるな」

「ええ、隊長、こっちが喋ったのはあくまでも可能性がなくはないという推測で、根拠があるわけじゃないんです」

「そういうことになるね。わたしは、別の見方をしてるんだ。無実の黒木弓彦を有罪判決に追い込んだと思われる二人の刑事が同じ夜に殺害され、今度は目撃証言をした男女が行方不明になった」

「ええ、そうですね」

「そうした流れを考えると、やっぱり黒木兄妹が怪しいね」

「西浦・入江班から何か報告がありました?」

刈谷は訊《たず》ねた。

「数十分前に西浦警部補から電話があったよ。黒木恭太は高田馬場の営業所に戻って、業務報告などしてから、広尾のマンションに帰るんじゃないか」

「そうなんでしょうね」

「妹のほうに何か動きはあった?」

「芽衣はブティックの近くにあるイタリアン・レストランで同僚の女性と食事中です。山科という同僚に後で声をかけてみるつもりです。何か手がかりを得られるかもしれませんので」

「そうしてくれないか。いったん電話を切るよ」

隊長の声が途絶えた。刈谷はポリスモードを折り畳み、相棒に新津と交わした話を手短に伝えた。

話し終えたとき、イタリアン・レストランから芽衣たち二人が姿を見せた。

二人は店の前で、右と左に別れた。芽衣は代官山駅に向かった。山科という同僚は少し歩いて、カフェのある洒落た書店に入っていった。

刈谷・堀コンビは車を降り、書店に足を踏み入れた。芽衣の同僚は女性ファッション誌を立ち読みしていた。堀が身分を明かし、相手を店の前の路上に連れ出した。芽衣の同僚は山科いつかという名で、二十三歳だった。

刈谷は姓だけを名乗って、いつかの緊張をほぐした。

「きみを逮捕しにきたわけじゃないから、そんなにおどおどすることはないんだ。深呼吸してごらん」

「は、はい」

「これから喋ることは他言しないでほしいんだが、黒木芽衣さんと兄の恭太さんはある事件に関わりがあるかもしれないんだ」

「えっ、そうなんですか⁉　彼女たち、何をやったんです？」

「捜査に関することは部外者に話せないんだよ。気を悪くしないでほしいんだ。ところで、きみはイタリアン・レストランで黒木芽衣から何か頼まれなかった？」

「ハーブのネット販売の手伝いをしてくれないかと頼まれたんです」

「それ、危険ドラッグじゃないのか」

「芽衣は、黒木さんは合法ハーブをネットで売ってると言ってました。それで、商品の差出人が自分だとわからないように知り合いの名前で発送してほしいと頼まれたんです」

「そうしてほしい理由については、どう言ってた？」

堀が口を挟んだ。

「たいした儲けのないサイドビジネスだから、あまり税金は払いたくないんだと言ってました。わたしの自宅にハーブ入りの封筒を二、三十まとめて送るから、知り合いの名でリストの宛先に郵便小包で郵送してくれたら、一通に付き千円の謝礼をくれると……」

「きみは引き受けたのか？」

「危険ドラッグだったら、まずいですよね。だから、わたし、即答は避けたんですよ。二、三日考えさせてと言って、彼女と別れたの」

「そうか。それじゃ、まだ宛先リストは渡されてないわけだ？」

「はい。なんか危なそうだから、わたし、うまく断るつもりです」

山科いつかが言った。刈谷は堀よりも先に口を開いた。

「きみは、黒木芽衣の父親が三年前に強盗殺人事件の加害者として起訴されて服役してたことを知ってた？」

「黒木さん本人から聞きました。でも、彼女は冤罪なんだと何度も言ってました。二人の刑事は誤認逮捕のことがマスコミに知られるとまずいことになるんで、厳しい取り調べを重ねて、お父さんを精神的に追いつめたにちがいないと涙ぐんでました」

「そう」

「彼女のお父さんは身に覚えのない犯罪を認めてしまったらしいんです。捜査員に怒鳴られたり、頭を小突かれることに耐えられなくなったんでしょうね」

「ほかに何か言ってなかった？」

「芽衣は、いいえ、黒木さんはお兄さんと力を併《あわ》せて父親を強盗殺人犯にした二人の刑事に必ず復讐してやるつもりだと言ってました」

「それは、いつの話なの？」

「一年ちょっと前だったかな。それから彼女、お父さんに不利な証言をした男女も何らかの形で謝罪させなければ、気持ちが収まらないと言ってましたね」

「そう」

「ＤＮＡ鑑定など科学捜査の時代なのに、いまだに冤罪がなくならないんですね。刑事さんたちに警察の悪口は言いにくいけど、ひどすぎるわ」

「きみが言った通りだな。警察官の中には少しでも多く手柄を立てたくて、確証を得る前に疑わしい者を別件容疑で捕まえる奴がいるんだ」

「そんなことをしてるから、市民は警察を信頼しなくなったんじゃないんですか？」

「耳が痛いが、きみの指摘は間違ってないと思うよ。協力してくれて、ありがとう」

「わたし、家に帰ります」

山科いつかが一礼し、足早に歩きだした。いつかの後ろ姿を見ながら、堀がぽつりと呟いた。

「やっぱり、黒木兄妹が臭いっすよ」

「疑わしい点があるが、まだ結論を急ぐべきじゃないな」

「そうっすけど……」

「堀、もう署に戻ろう」

刈谷は部下の分厚い肩を叩いた。

二人はスカイラインに足を向けた。

第四章　透《す》けた作為《さくい》

1

営業時間になった。

ブティック『セシル』のシャッターが巻き揚げられた。ちょうど十時だった。

刈谷はプリウスのフロントガラス越しに店内をうかがった。昨夜、話をした山科いつかの姿は見えるが、黒木芽衣の姿はなかった。

「主任、妹のほうも無断欠勤してるのかもしれませんよ」

運転席で、入江奈穂が言った。

少し前にシングルマザーの律子から刈谷に電話があって、黒木恭太が無断で仕事を休んでいると報告されていた。彼女と堀はアジトからヤマネコ運輸高田馬場営業所に向かい、黒木恭太の動きを探ることになっていた。

「妹の芽衣も無断欠勤してるんだったら、黒木兄妹は逃亡を図ったのかもしれないな」

「そうなんでしょうか」

「入江は車の中で待っててくれ」

刈谷は奈穂に言って、プリウスの助手席から出た。『セシル』まで大股で歩く。

店先に山科いつかがいた。刈谷は手招きした。いつかが店の前に出てきた。

「昨夜《ゆうべ》はありがとう。黒木芽衣さんの姿が見えないようだが……」

「彼女、まだ店に来てないんですよ。芽衣のスマホを何度も鳴らしたんですけど、電源が切られてました。何かあったのかもしれませんね」

「兄貴のほうも職場に顔を出してないんだ。二人は無断欠勤する気なんじゃないかな。きみは、警察の人間に呼び止められたことを黒木さんに話さなかったよね？」

「わたし、彼女には何も話してません。芽衣は危険ドラッグをネット密売してたのかな、お兄さんと一緒に。そのことが警察に知られたんで、兄妹は逃げる気になったんでしょうか？」

「そのあたりのことを調べてみるよ。仕事の邪魔をしちゃったね。ごめん！」

刈谷は相手に謝って、体を反転させた。プリウスの中に戻り、奈穂に山科いつかの話を伝える。

「兄妹は、わたしたちのチームにマークされてることに気づいたんですかね。それとも、北海道にいる広瀬が野生の大麻草を刈り集めてて、所轄署に検挙《アゲ》られたんでしょうか？」

「まだ何とも言えないな。入江、兄妹の自宅マンションに行ってくれ」

「はい」

奈穂がプリウスを走らせはじめた。

広尾にある目的のマンションに着いたのは、二十数分後だった。刈谷たちはすぐ車を降り、集合玄関のインターフォンに歩み寄った。

奈穂が兄妹の部屋番号を押す。テンキーを押し込んでも、なんの応答もなかった。

「留守のようだな」

刈谷は言った。

「黒木兄妹は疚《やま》しさがあるんで、逃亡したんでしょう。多分、そうですよ。主任、緊急手配《キンパイ》をしてもらいましょう」

「焦《あせ》るなって。まだ兄妹が一連の事件に関与してるという裏付《ウラ》けを取ったわけじゃないんだ」

「でも、芽衣は元カレの広瀬から乾燥大麻を仕入れて、ネット密売してるようなんですよ」

「それも立件材料までは得てない。広瀬の供述は事実だろうが、まだ兄妹の逮捕状を裁判所に請求できる段階じゃないよ」

「そうなんですけど……」

奈穂が口を結んだ。

そのとき、エントランスロビーの奥にあるエレベーターホールの方から四十絡《がら》みの男が歩いてきた。職業は自由業なのではないか。長髪で、ラフな恰好《かっこう》をしている。

刈谷は外に出てきた男に警察手帳を短く見せた。

「ちょっと話を聞かせてもらえませんか」

「何でしょう?」

「あなたは居住者の黒木さんのことをご存じですか?」

「知ってますよ。ぼくは、黒木さん宅の隣の部屋に住んでるんでね。ご兄妹で住んでるんですが、どちらも感じは悪くないな。まさかどっちかが法に触れるようなことをやってたんじゃないでしょうね?」

「その疑いがあるんですよ」

「それでだったのか」

相手が呟《つぶや》いた。

「黒木宅は留守のようだが、何か思い当たることがあるようですね？」

「ええ、まあ。きのうの深夜、いつになく黒木さんの部屋の物音が大きく聞こえたんですよ。いつもは兄妹が室内を走り回ることはなかったのにね。それで、なんか気になったんです」

「そうでしょうね。で、あなたはどうされたんです？」

「来客と何かで揉《も》めてるのかもしれないと思って、部屋のドアを細く開けたんですよ。ちょうどそのとき、黒木さんご兄妹が歩廊《ほろう》に出てきたんです。二人とも大きなスーツケースを引っ張ってました」

「それは何時ごろでした？」

「午前零時数分前だったな。二人はかなり急いでる様子でしたよ。海外旅行するのかと一瞬、思ったんです。でも、出かける時刻がちょっと変でしょ？」

「そうですね」

「だからね、ご兄妹は自宅にいられなくなった事情ができたと……」

「そう考えられたわけですか。兄妹は、あなたに見られてることに気づいた様子でした？」

刈谷は訊《き》いた。

「気づかなかったと思いますよ。二人とも焦ってるように見受けられましたんでね」

「黒木さんは車を所有してました？」

「マイカーは持ってなかったな。このあたりは月極駐車料が高いから、タクシーを使ったほうが安上がりなんですよ。でも、お兄さんのほうはちょくちょくレンタカーを利用してたな。マンションの横の路上にレンタカーを駐《と》めたりしてたんで、管理会社の人に注意されてましたよ」

「それじゃ、二人はレンタカーでどこかに行ったのかもしれないですね」

「そうなのかな」

「レンタカーの会社名はわかります？」

「そこまではわかりません。車体に会社名が入ってたわけじゃないんでね。もういいですか？　これから、人と会う約束があるんですよ」

相手が左手首の腕時計に目をやった。

刈谷は謝意を表し、路《みち》を譲った。四十絡みの男が奈穂に笑いかけ、アプローチを進みはじめた。

「主任、黒木兄妹は逃げたんだと思います」

「そうみたいだな」

「兄妹はネットの闇サイトをちょくちょく覗《のぞ》いて、二人の刑事を殺してくれる実行犯を見つけたんじゃないのかな。大麻の密売で得た裏収入で成功報酬を払ったんでしょう。いずれ新宿署と渋谷署に捜査本部が設置されれば、自分たちに疑惑の目が向けられるだろうと予感して姿をくらました。そうじゃないとしたら、北海道にいる広瀬が逮捕されたんでしょう」

「入江、車に戻ろう」

「主任は黒木兄妹が姿をくらましたことをどう見てるんです？」

奈穂がもどかしげに言った。

「もしかしたら、広瀬はおれと西浦さんが実家まで来たことを芽衣に教えたのかもしれないな。ダーティー・ビジネスのことで自分たちが捕まりたくないんで、黒木兄妹はしばらく身を隠す気になったんじゃないだろうか」

「二人の刑事殺害事件には、どっちも関与してないってことですか？」

「そう断定はできないが、おれの勘では兄妹は大麻のネット密売の発覚を恐れたんで、潜伏する気になったんだと思うよ。とにかく、プリウスに戻ろう」

刈谷は先に歩きだした。奈穂が黙って従《つ》いてくる。

二人はプリウスの中に入った。

刈谷は刑事用携帯電話《ポリスモード》を使って、新津隊長に黒木兄妹が逃亡した疑いがあることを伝えた。

「わたしと同期に警察庁に入った男が北海道警にいるから、芽衣のかつての彼氏の広瀬拓磨が道内で検挙されたかどうか問い合わせてみよう。もちろん、隠れ捜査のことは伏せるよ」

「何かわかりましたら、コールバックしてもらえますか？」

「ああ、そうしよう」

新津が電話を切った。

刈谷は通話終了キーを押し、すぐに律子のポリスモードを鳴らした。スリーコールの途中で、通話可能状態になった。

「黒木兄妹は逃亡を図ったと思われます」

刈谷はそう前置きして、経過を話した。

「やっぱり、妹も無断欠勤してたか。わたし、そんな気がしてたのよ。堀も同じことを言ってたけどね。兄妹は二件の刑事殺しを殺し屋《プロ》か誰かに依頼したことが早晩《そうばん》わかっちゃうだろうと考え、高飛びする気になったんじゃない？」

「入江も西浦さんと似た見方をしてますが、おれは兄妹は大麻密売の件で捕まりたくなくて、昨晩遅くに自宅マンションを抜け出したんじゃないかと思ったんですよ」

「刈谷ちゃんは、二人の刑事殺しには黒木恭太と芽衣は関与してないと見てるわけ？」

「そこまで確信してるわけじゃないんですが、堅気の若い兄妹が犯罪のプロを闇サイトで見つけ出して、落合と吉崎を始末させられますかね？」

「できるんじゃないの。父親の恨みを晴らしたくて、兄妹はネットで大麻を密売して殺しの成功報酬を工面してたんだろうからさ」

　律子が言った。

「短期間で殺しの報酬を工面できるだろうか。殺し屋《プロ》が百万や二百万の報酬で、刑事殺しを請け負ってはくれないでしょう？」

「最低五百万円ぐらいの謝礼は要求しそうね。二人分だと、一千万円か」

「大麻の密売では、それほど荒稼ぎはできないと思うんですよ」

「ま、そうだろうね。刈谷ちゃん、黒木兄妹は安い報酬で二人の刑事を片づけてくれる外国人犯罪者を裏サイトで見つけたんじゃない？　十数年前なら、わずか数十万円で殺人《コロシ》を引き受ける中国人マフィアがいたわ。五十万円以下の謝礼で人殺しを請け負ったタイ人やフィリピン人もいたはずよ」

「ええ、昔はね」

「日本にいる不良外国人がすべてダーティーな裏仕事で甘い汁を吸ってるとは思えない。かつかつの暮らしをしてる奴らも、結構いるでしょ？　そういう連中なら、ひとり百万円程度の報酬でも復讐殺人の代行を引き受けそうだわね」

「そうだったとしたら、黒木兄妹は大麻の密売から足を洗ってもよさそうだな。二百万円程度なら、もう稼いでたでしょうから」

刈谷は言った。

「家賃の高いマンションに住んでるんで、裏ビジネスをやめるわけにはいかなくなったんじゃないのかな」

「そうなんでしょうか」

「刈谷ちゃん、兄妹の復讐はまだ終わってないんじゃない？　父親を強盗殺人事件の犯人と極《き》めつけた二人の刑事は第三者に始末してもらったようだけど、偽証した疑いのある笠憲次と古屋香織がまだ生き残ってるんだから」

「そうですね。兄妹は二人の刑事だけではなく、目撃証言をした男女も憎んでたでしょう」

「ええ、そのはずよ。黒木兄妹が二人の証言者も第三者に殺《や》らせようと考えてるんなら、大麻の密売はやめられないわね。殺人の謝礼も用意しなけりゃならないわけだから」

「ええ。その証言者の二人は行方がわからなくなってます。黒木兄妹が笠と香織をアウトローに拉致させたんだろうか」

「そうなのかもしれないわよ。兄妹は、笠憲次と古屋香織が監禁されてる場所に行ったんじゃない？　そして、第三者に始末させる前に兄妹で偽証した二人を嬲《なぶ》るつもりなんじゃないのかな」

律子が言った。

「そうなんですかね」

「わたしたちの班は、いったんアジトに戻ったほうがいいと思うわ。黒木恭太の同僚に何人か話を聞いたけど、誰も居所を知らなかったから」

「そうですね。西浦さんたちはアジトに戻ってください。おれたち二人も一度、署に戻りますよ」

刈谷は通話を切り上げた。ポリスモードを折り畳んだ直後、新津隊長から刈谷に電話があった。

「きのうの夕方、広瀬拓磨は帯広郊外の原野で野生の大麻草を刈り集めてるとこを環境Gメンに見られて、地元署に連行されてたよ」

「それで、広瀬は乾燥大麻を黒木芽衣に卸してることを自供したんですね？」

「そうらしい。地元署の刑事は黒木芽衣に大麻のことは伏せて、広瀬を知ってるかどうかだけを電話で問い合わせたそうだよ」

「だから、芽衣は元彼氏が警察に捕まったと直感したんでしょう。そして、兄と一緒に逃げたんでしょうね。やっぱり、兄妹は大麻の密売で逮捕《パク》られることを恐れて、姿を消したんだな」

「刈谷君、それだけじゃないのかもしれないんだ」

「隊長、どういうことなんでしょう？」

「ほんの数分前に知ったんだが、群馬県の榛名湖《はるなこ》近くの山林で笠憲次と古屋香織の刺殺体が発見されたんだよ」

「えっ⁉」

「二人とも心臓部を刃物でひと突きにされてたそうだ。先に刺されたのは笠で、凶器は古屋香織の胸部に突き刺さったままだったらしい。加害者が凶器を持ち去らなかった理由はわからないが、そういうことだったよ。ひとまず刈谷・入江班も、こっちに戻ってきてくれないか。西浦・堀班が先に戻るという連絡があったんだ」

「そうですか。いったん引き揚げることにします」

刈谷は電話を切り、新津からの情報を奈穂に伝えはじめた。

2

湖が視界に入った。

榛名湖だ。西陽《にしび》が湖面をきらめかせている。午後四時半過ぎだった。

刈谷は、走るスカイラインの助手席に坐《すわ》っていた。

車を運転しているのは堀だった。二人は昼食を摂《と》ってから東京を発《た》って、群馬県入りしたのである。

スカイラインは覆面パトカーではない。サイレンを鳴らすことはできなかった。そんなことで、思いのほか時間を要してしまった。

西浦・入江班は、刺殺された笠憲次と古屋香織の職場を訪ね、同僚たちから情報を集めているはずだ。いま二人は、証言者の友人や知人に会っているのではないか。

スカイラインが湖岸道路に入った。

「榛名湖って、もっとでっかいと思ってたっすよ」

堀が口を開いた。

「おれもそう思ってたんだが、案外、小さいな」

「そうっすね。笠たち二人が殺《や》られた山林は、左手だと思うっす。主任、どうします？

先に湖岸道路周辺で聞き込みをするっすか？」

「いや、先に事件現場を見ておこう。もう地元署や群馬県警の捜査員たちはいないだろうからな」

「了解っす。二人の刑事が殺害されて、黒木弓彦に不利になる証言をした男女も拉致されてから殺されたわけっすよね。やっぱ、恭太と芽衣が臭いんじゃないっすか」

「堀は一連の事件の絵図を画《か》いたのは、黒木兄妹と睨《にら》んでるんだな？」

「どっちも実行犯じゃないでしょうけど、クロっすよ。兄妹は大麻の密売で稼いだ金で実行犯を雇った。そう筋を読むべきっすね」

「そうなんだろうか」

「主任は、兄妹はシロだと思ってんすか？」

「いや、灰色だな。黒木弓彦の遺児たちが父親を強盗殺人犯と極めつけた二人の刑事、それから目撃証言をした男女に憎しみを持つ気持ちは理解できる」

「そうっすね。兄妹が父親の恨みを晴らしたくて、大麻の密売で殺しの報酬を捻出しようと考えたにちがいないっすよ」

「その点については何も異論はないんだ」

　刈谷は言った。

「どのあたりが腑《ふ》に落ちないんす？　兄妹は日付が変わる寸前に慌《あわ》てて自宅マンションから姿を消したんすよ。自分らが逮捕《パク》られそうな予感があったんで、恭太と芽衣は逃走したんでしょ？」

「二人は広瀬が帯広で検挙《アゲ》られたことを覚《さと》ったんで、逃《フケ》げる気になっただけなんじゃないか」

「殺人事件に兄妹は関与してないかもしれないって筋読みなんすね？」

「黒木兄妹は落合、吉崎の両刑事をいずれ第三者に始末させる気でいたんだろう。それから、偽証したかもしれない笠憲次と古屋香織には何らかの仕返しをする気だったんだと思うよ」

「そうした疑いは拭《ぬぐ》えないっすよね」

「そうだな。だから、兄妹は灰色なんだよ。しかし、実際に殺し屋《プロ》を雇ったかどうかだな。大麻の密売で、代理殺人の報酬を工面できるだろうか。落合と吉崎を始末してもらうだけで、最低一千万円の金は用意しなければならないだろう」

「ええ、そのぐらいは必要だと思うっすよ」

「さらに証言者の笠と古屋香織を片づけてもらうことになったら、二千万円以上の金を都合しなければならない。大麻の密売でそんな大金を短期間には稼げないんじゃないか」

「広瀬から安く乾燥大麻を仕入れてたら、かなり儲かるでしょ？　それとも、二人はほかにも何か裏ビジネスをやってるんすかね」

「いや、それは考えられないな。芽衣は、同僚の山科いつかに大麻密売の発送に協力してくれないかと代官山のイタリアン・レストランで頼んでる」

「そうだったすね。ダーティー・ビジネスは大麻の密売だけみたいだな」

「黒木兄妹は、まだ犯罪のプロは雇ってなかったんだろう。大麻密売で逮捕されることを恐れて、ひとまず身を隠す気になったんだと思うよ。捕まったら、死んだ父親の恨みを晴らせなくなるじゃないか」

「そうっすね。兄妹をクロと考えるのは早計なんだろうな。けど、シロとも言えないっすよね？」

堀が言って、車を林道に乗り入れた。署長直属の部下が群馬県警から事件現場の詳しい場所を聞き出し、チームに情報を流してくれていた。

スカイラインは一度も道に迷うこともなく、目的地に向かっている。湖畔には商店や民家が連《つら》なっていたが、数百メートル進むと、家並《やなみ》が途切れた。

堀が一キロほど先で、車を停めた。林道の両側は森で、民家も畑も見当たらない。前方に二つの山脈《やまなみ》が見える。

「左手に横たわってるのが髪櫛山《びんぐしやま》で、右に見えるのが烏帽子岳《えぼしだけ》だと思うっす。ほかのいくつかの山を含めて榛名山と称されてるみたいっすね。榛名山って独立した山があるのかと思ってたっすけど、連峰だったとは知りませんでしたよ。どっちかというと、地理は苦手だったっすから」

「堀、得意の科目があったのか？」

刈谷は茶化した。

「勉強は得意じゃなかったすけど、どの科目もぎりぎり及第点だったすよ。文武両道の主任と較《くら》べたら、学力と体力は劣《おと》るっすけどね」

「おれは文武両道なんかじゃない。あらゆる面で平凡な男だよ。少しひねくれてるから、型に嵌《は》まった生き方はできないがな」

「主任は無頼な面があって、カッコいいっすよ」

「ヨイショしたのは、そのうち高級クラブにでも連れていけってことか？」

「そんな下心なんかないっすよ」

堀が右腕をワイパーのように振ってから、車のエンジンを切った。

刈谷は先に助手席から出た。すぐに相棒もスカイラインを降りた。

残照は弱々しくなっていた。それでも、まだ目は利く。

「こっちが現場のはずっすよ」

堀が下草の踏み固められた場所を指さした。よく見ると、複数の靴痕があった。警察関係者や報道記者たちの足跡だろう。

コンビは林の中に足を踏み入れた。

若葉や草の匂いで、むせ返りそうだ。横に張り出した枝が重なり合って、見通しはあまりよくない。樹間を縫《ぬ》っていくと、空間があった。灌木《かんぼく》だけが疎《まば》らに生えている。

刈谷は屈《かが》み込んだ。下草が押し潰された箇所があった。二カ所だった。

笠憲次と古屋香織の刺殺体が転がっていた場所だろう。下生えには血糊がこびりついていた。

「笠は奥で刺し殺されたようっすね、血溜《だ》まりが大きいっすから」

「だろうな。手前の方の血溜まりは小さい。香織の胸部に突き刺さってた刃物が血止めの役目を果たしたにちがいない」

「そうだと思うっす。主任、犯人《ホシ》はなんで凶器を持ち去らなかったんすか。それがなんか不自然すよね」

「そうだな。衝動殺人なら、事件現場に加害者が凶器を置き去りにするケースは珍しくない。しかし、計画的な殺人の場合、多くが凶器は持ち去られてる」

「そうっすね。遺留品《リユウ》から足がつくことが多いことをたいていの者が知ってるっすから」

「そうだな。何か犯人の作為《さくい》が感じられるね」

「ええ、そうですね。加害者はナイフの柄に付着してた自分の指掌紋《しようもん》を拭ってから逃走したと思われるな。けど、少しでも早く犯行現場から遠のきたいと普通は考えますよね？」

「ああ。ナイフを拭《ふ》いてタオルか何かに手早くくるんで、早々にずらかったほうが賢明だな」

「そうなんすよね。なのに、今回の犯人《ホシ》は凶器を遺《のこ》してる。そんなことをしたら、身許を割り出される恐れがあるんすけどね」

「やはり、作為的だな」

「そうっすね」

「地元の警察が遺留品をすべて持ち帰っただろうけど、何か見落としてるかもしれない。あたりをくまなく検《しら》べてみよう」

「了解っす」

堀がしゃがみ込み、周《まわ》りをじっくりと観察しはじめた。刈谷も周辺を見回した。だが、遺留品らしき物は目に留《と》まらない。煙草の吸殻さえ落ちていなかった。

「こっちは収穫ゼロっす」

堀が立ち上がった。刈谷も腰を上げ、首を横に振った。

「二人の証言者は同じ夜に何者かに拉致されて、群馬に連れてこられたと考えられるっすよね？」

「そうだったんだろう。こっちに着いた直後に殺されたかどうかはわからないがな」

「そうっすね。すぐに始末してなかったとしたら、犯人は笠と古屋香織に目撃証言の真偽を確かめてたんでしょう。そう考えると、やっぱり黒木兄妹が二人の失踪に絡んでる気がするっすね。主任、兄妹は誰かに笠たち二人を問い詰めさせたんじゃないっすか？　二人が偽証したことを認めたんで、実行犯に笠と古屋香織を殺《や》らせたんでしょ？」

「おまえは、どうしても黒木兄妹がクロだと思いたいようだな。しかし、芽衣たちが短い間に二千万円以上の殺しの報酬を調達できるとは考えられないよ」

「兄妹に同情した金持ちが四人分の殺しの謝礼をカンパしたんじゃないっすか？」

「そんな奇特な人間がいるかな、いまの世の中に」

「事業で大成功を収めた者にとって、二千万ぐらいはたいした額じゃないと思うっすよ。

そいつの血縁者も冤罪で泣かされたんで、黒木兄妹に同情してカンパしたんじゃないのかな」

「そんなことはあり得ないとは言い切れないが、事業家の金銭哲学はシビアだと思うよ。金は有効に遣《つか》いたいと考えてるだろう。メリットのないことに数千万円を投じたりしないんじゃないか」

「そうかもしれませんね」

「堀、林道を下《くだ》って付近の聞き込みをしてみよう」

「はい！」

二人は林の中から出て、スカイラインに乗り込んだ。

堀が側道までバックし、車首の向きを変えた。林道を下《くだ》ると、最初の民家が見えてきた。

「警察手帳を呈示すると、群馬県警に怪しまれることになるだろう。堀、おれたちは新聞記者《ブンヤ》を装うことにしようじゃないか」

「そのほうがいいっすね」

「じゃあ、聞き込みじゃなく、取材をはじめるか」

刈谷はにやついた。

堀が大きな農家らしい家屋《かおく》の前に車を停めた。二人はほぼ同時に車を降り、最初の民家を訪ねた。

応対に現われたのは五十代半ばの女性だった。小柄で、細身だ。

「どなたさんかね？」

「東都タイムズ社会部の者です。斉藤《さいとう》といいます。連れの同僚は中村《なかむら》です」

刈谷はありふれた姓を騙《かた》り、事件の取材に来たと言い繕《つくろ》った。

「裏の山林で東京の男女が刺し殺されたと聞いて、たまげましたよ」

「事件前に不審者か、怪しい車を見ませんでした？」

「どっちも見とらんね。事件通報者はキャンピングカーで全国を旅してる六十代の夫婦らしいけど、奥さんのほうがおしっこしたくなったんで、林の中に入ったらしいの。それで、二人の死体を発見したみたいよ。駐在《ちゆうざい》さんがそう言ってた」

「そうですか」

「駐在さんにも不審者を見かけなかったかって訊かれたけど、地元の人間だって林道の奥まではめったに行かないのよ」

「そうすると、犯人は土地鑑のある奴なんですかね？」

「そのへんのことは、よくわからないわ。人気《ひとけ》のない場所で二人の人間を殺そうと思って、たまたま奥の林道に入り込んだんじゃないかな」

「お宅と事件現場はだいぶ離れてるんで、人が争う声や悲鳴は聞いてないでしょうね？」

「わたしら夫婦は何も耳にしてないね。煮物の火を消してないの。お役に立てなくて、ごめんなさい」

相手が詫び、あたふたと家の中に引っ込んだ。

刈谷たちは小さく苦笑し、車の中に戻った。民家を見つけるたびに、堀がスカイラインを停めた。だが、何も手がかりは得られなかった。

湖畔まで下《くだ》り、二人は商店や民家を訪ね歩いた。しかし、結果は虚《むな》しかった。

刈谷は徒労感を覚えながら、スカイラインの助手席に腰を沈めた。気を取り直して、西浦律子の刑事用携帯電話《ポリスモード》を響かせる。

ツーコールで、シングルマザー刑事が電話に出た。

「刈谷ちゃん、群馬で何か有力な手がかりを摑んだの？」

「そうならいいんですが、収穫はなしです。そっちはどうでした？」

「笠憲次と古屋香織の職場に行って、同僚たち全員に会ったのよ。それから、被害者たちの友人や知人にも接触した。でもね、期待外れだったわ」

「同じく収穫ゼロですか」

「ゼロでもないのよ。笠憲次は二年七、八カ月前に百数十万円のロレックスの腕時計を買ったらしいの。それまでは、国産の安いウォッチを長いこと嵌めてたそうよ」

「西浦さん、その情報は誰から？」

「靴屋の同僚店員から聞いた話よ。それも、複数の人たちからね。笠は競馬で万馬券を当てたって言ってたらしいけど、それまでギャンブルをやったなんて話は一度も聞いたことがないんだって」

「おかしいな」

「ちょっと気になる話よね。それから古屋香織の高校時代の級友から聞いたことなんだけど、被害者は倹約家だったくせに級友たち五人を一泊二日の温泉旅行に招待してくれたんだって。栃木の塩原温泉で一番高級なホテルを取ってくれて、みんなにバカラのワイングラスをお土産に配ったそうよ」

「倹《つま》しく暮らしてた乾物屋の店員が、なぜ急に大盤振る舞いをしたんですかね」

「それについては、級友のひとりが理由に思い当たると言ってたわ。古屋香織は貧しい父子家庭で育ったせいか、クラスで最も地味な存在だったらしいの。別に村八分にされてたわけじゃなかったそうだけど、クラスメイトに注目されることは一遍もなかったみたいね」

「それで、いつか優越感を味わってみたかったんでしょう」

「ええ、そうなんだと思うわ」

「しかし、贅沢とは無縁な生活をしてた古屋香織が貯えに手をつける気になるでしょうか」

刈谷は言った。

「何か臨時収入があったんじゃない？　例の強盗殺人事件が発生したのは、およそ三年前よね？」

「ええ。古屋香織は真犯人《ホンボシ》に頼まれて嘘の目撃証言をした。西浦さんは、そう推測したんですね？」

「そう。おそらく笠憲次も、同じだったんだろうね。刈谷ちゃん、もう一つ気になる情報をキャッチしたの。証言者の二人は、『光輝堂』の裏手にある『マドラス』ってインド人が経営してるカレー専門店でよく昼食を摂《と》ってたそうよ」

「その店には行ってみました？」

「もちろん、奈穂と行ったわ。シンという名のオーナーシェフは、笠と古屋香織がよくランチを食べにきてたと証言したの。それから、ガードマンの真鍋雅士も月に何度か『マドラス』で夕食を食べてたそうよ」

「笠たち二人とは店に行く時間帯が違いますね」

「そうなんだけど、三人は同じ界隈で働いてたんだから、顔見知りだった可能性はあるんじゃない？」

「そうですね」

「何も根拠はないんだけど、刈谷ちゃん、笠と古屋香織がガードマンだった真鍋を抱き込んで、三年前に強盗殺人事件をやったとは考えられない？　二人は手引きしてくれた真鍋を殺して、五億円相当の宝飾品を山分けしたんじゃないのかな。盗品の一部を金に換えて、残りはどこかに隠してあるのかもしれないわよ。そうは考えられない？」

「地道に店員として働いてきた二人がそこまで捨て身にはなれないでしょう」

「二人は地味な生き方に厭気《いやけ》がさしたのかもしれないわよ。先行きに特に希望があるわけじゃないんで、いっそ太く短く生きようって開き直ったんじゃない？」

「その推測にはうなずけませんね。話を元に戻しますが、『光輝堂』の宇佐美社長はインド人がやってるカレー専門店には通ってなかったのかな？」

「社長は『マドラス』には行ってないみたいよ。でも、店の従業員たちはよく『マドラス』に行ってるらしいわ」

「そうですか」

「オーナーシェフの話によると、御徒町の宝石店街で商売をやってるインド人店主たちがちょくちょく店に来るそうよ。その中には怪しげな宝石ブローカーもいるらしいから、『光輝堂』の社長は『マドラス』に近づかなかったんじゃない？　闇ブローカーに盗品を売りつけられて店で販売したら、一発で信用を失うことになるものね」

「そういうことなんでしょうか。聞き込みを切り上げて、アジトで隊長に指示を仰いでください」

「わかったわ」

律子の声が熄《や》んだ。刈谷はポリスモードを折り畳んで、堀に通話内容を簡潔に喋った。口を閉じて間もなく、新津隊長から電話がかかってきた。

「群馬で何か手がかりを得られたのかな？」

「何も収穫はありませんでした」

「それじゃ、疲れが倍増したろうね。ご苦労さんだったな。日垣警部が群馬県警から初動捜査情報を引き出してくれたんだ」

「それは助かります。それで？」

「古屋香織の胸部に埋まってたコマンドナイフの柄には、前科歴のある串田和馬《くしだかずま》という男の指掌紋がべったりと付着してたそうだよ」

「そいつは何者なんです？」

「一匹狼のアウトローだね。まだ三十五歳なんだが、前科《マエ》が三つある。いずれも脅迫罪で服役したんだよ。二十代の前半から恐喝《カツアゲ》で喰ってきたようだ。しかし、最近は金に困ってた様子だったから、いろんな悪事の片棒を担《かつ》いで喰いつないでたんだろう」

「そうなのかもしれませんね」

「日垣警部の調べだと、串田は笠たち二人とは何も接点がないそうだ。もしかすると、黒木弓彦の遺児のどちらかが串田に落合と吉崎を殺《や》らせ、さらに笠憲次と古屋香織も始末させたのかもしれない。兄妹は逃亡したようだからね」

「隊長、群馬県警はどう動いたんです？」

刈谷は話題を逸《そ》らした。

「地元署の刑事と県警機捜初動班の面々が新宿区若松町《わかまつちょう》にある串田の自宅マンションに急行して、任意同行を求めたらしいんだ。しかし、串田はきっぱりと拒絶したそうだよ。そして、自分は半年以上も東京から出ていないと言い張ったという話だったね」

「笠たち二人の司法解剖は明日、行われる予定なんでしょ？」

「その予定になっているらしいが、検視官の見立てによると、笠たち二人の死亡推定日時は前夜の九時から同十一時の間とされたそうだ。担当検視官はベテランだというから、解剖医の所見と大きく喰い違うことはないだろう」

「でしょうね。事件当夜の串田のアリバイは？」

「内妻の小坂愛《こさかめぐみ》、三十歳と一緒に自宅近くのスナックで飲んでたと供述したという話だよ。スナックのママは、串田が午前一時近くまで串田と内縁の妻が店内にいたと証言したらしいんだが……」

「証言者がひとりなら、串田がママに口裏を合わせてもらった疑いもあります」

「そうなんだ。串田はアリバイ工作をしておいて笠憲次と古屋香織の二人を拉致し、榛名湖近くの山林の中で殺害したんじゃないのかね」

「古屋香織の胸にコマンドナイフを突き立てたまま串田が逃走したとしたら、どうも腑に落ちないでしょ？」

「どんな点がかな」

「串田は前科三犯なんです。自分の指紋《モン》が付着した凶器を持ち去らないなんて、常識では考えられません。ナイフを引き抜いて返り血を浴びたくなかったら、柄の指掌紋をきれいに拭ってから現場を離れるはずです」

「確かに刈谷君が言った通りだな。加害者は別にいて、串田の犯行に見せかけようとしたんだろうが」

隊長が長く唸《うな》った。

「コマンドナイフについて、串田はどう言ってるんです？」

「自分の物であると素直に認めたらしいよ。ただし、コマンドナイフはどこかで落としたと繰り返したということだったね。落とした時期と思い当たる場所に関しては、供述を二転三転させてるそうだ」

「そうですか」

「刈谷君、その点が怪しいと思わないかね？」

「不審感を与えますよね、そんな感じでは」

「凶器を持ち去らなかったのは前科者にしては間が抜けてるが、串田が一連の事件の実行犯だったかもしれないという疑いは残るんじゃないか。そうだとしたら、串田を金で雇ったのは黒木兄妹臭いな」

「現段階では、串田がシロかクロかは判断がつきません。明日から少し串田に張りついてみますよ。これから、アジトに戻ります」

刈谷は先に電話を切った。

3

思わず舌打ちしてしまった。

刈谷は、運転席の奈穂を見た。

「勘違いするなよ。入江の運転の仕方が下手だと思ったから、舌打ちしたわけじゃないんだ。群馬県警に先を越されたことが気に入らないんだよ」

「え？」

「ほら、『若松レジデンス』の少し先に白いエスティマが路上駐車してるだろ？　あれは捜査車輌だよ。入江、車を脇道に入れてくれ」

「はい」

奈穂が指示に従った。群馬県の山林に足を運んだ翌日の正午前である。

「どうします？」

「串田が内妻と一緒に一昨日《おととい》の夜に飲みに行ったと供述したスナック『道草』は、住居付きの店舗らしいんだ。日垣警部が調べてくれて、隊長に報告してくれたそうなんだよ」

「そうなんですか。それは知りませんでした。店が『若松レジデンス』の斜め裏にあることは調べておきましたけど」

「そうか。日垣情報によると、ママの阿部葉子《あべようこ》、五十三歳は店の二階で寝起きしてるらしい。二年前まで年下のマジシャンと同棲してたそうだが、いまは独りで暮らしてるようだ。ママはまだ寝てるかもしれないが、行ってみよう」

刈谷は言った。

奈穂がうなずき、車を迂回させはじめた。西浦・堀班は、笠憲次と古屋香織の実家を訪ねる予定になっていた。二人の証言者の交友関係と私生活をさらに深く調べることになったのだ。

ほどなくプリウスは『道草』に着いた。

店舗付き住宅は木造モルタル塗りで、古ぼけていた。築二十五年以上は経《た》っていそうだ。店のシャッターは下《お》りている。

刈谷たちは車を降りた。

店の間口は狭い。二間《にけん》もなさそうだ。刈谷は拳《こぶし》でシャッターを連打した。

少し経ってから、シャッターの向こうで中年女性の嗄《しやが》れ声がした。

「まだ営業してないんですよ。うちは喫茶店じゃなくて、スナックですんでね」

「客じゃないんですよ。警察の者です」

「群馬県警の刑事さんがきのう来ましたよ。串田さんが同居してる女性と一緒に一昨日の晩、わたしの店に来たことは間違いありません。ええ、事実ですよ」

「われわれは東京の新宿署の者です」

「えっ、そうなの⁉」

「ママの阿部葉子さんですよね？」

「そう」

「串田さんのことで、ちょっと確認したいことがあるんですよ」

「わかったわ」

「急に押しかけてきて、申し訳ありません」

刈谷は言って、奈穂とともに数歩退《さ》がった。

店のシャッターが押し上げられ、ママが姿を見せた。化粧っ気がない。ホームドレスをだらしなく着込んでいる。髪は栗色に染められているが、肌に張りはなかった。

刈谷たち二人は警察手帳の表紙だけを見せ、店内に入った。左手に二つのボックス席があり、右手にL字形のカウンターが延びている。

「どうぞお掛けになって」

ママの葉子がカウンターの中に入って、細巻きのアメリカ煙草をくわえた。刈谷と奈穂は並んでスツールに腰かけた。

「女優みたいな刑事さんね。あなたがここで働いてたら、男たちが毎晩通ってくれそうね。転職する気はない？」

ママが奈穂に訊いた。

「警察をクビになったら、こちらで働かせてください」

「いいわよ。ところで、串田さんは何をやったの？」

「詳しいことは言えないんですよ」

刈谷は奈穂より先に口を開いた。

「そうでしょうね。とにかく、一昨日の夜、串田さんが愛ちゃんを連れて飲みに来たことは確かよ。彼、ウイスキーの水割りを四、五杯飲んでから、いつものように氷室京介《ひむろきょうすけ》のナンバーを歌いはじめたわ。串田さん、カラオケが好きなんですよ」

「そのとき、ほかのお客さんは？」

「串田さんたち二人しかいなかったの。アベノミクスで株価が五年半ぐらい前と同じになったとマスコミは報じてるけど、景気が上向いたという実感はないわね。店の売上はアップしてないし、ひどい日はお客さんがゼロのときもあるんですよ」

葉子が長くなった煙草の灰を指ではたき落とした。灰皿ではなく、シンクだった。灰皿を洗うのが面倒なのか。

「ママは嘘なんかついてないと思うんですが、一昨日の夜、串田が別の場所にいたという目撃証言もあるんですよ」

刈谷は葉子の顔を直視しながら、鎌をかけた。

「そんなわけないわ。だって串田さんは、ここで愛ちゃんと飲んだり歌ったりしてたんだもの。どこの誰がそんなことを言ってるの⁉」

「捜査に関することは教えられないんですよ」

「串田さんに犯歴があるからって、すぐ色眼鏡で見るのはよくないわ。警察や世間の人たちが前科者を白眼視《はくがんし》するから、なかなか真っ当な人間になれないのよ。前科があるだけで、雇ってくれる会社は皆無に等しいんじゃない？」

「現実はそうでしょうね」

「犯罪者は服役して罪を償《つぐな》ってるわけだから、リセットするチャンスを与えるべきよ。むやみに串田さんを疑ったら、気の毒だわ」

「そうなんだが、串田和馬は定職に就いてるわけじゃないのに『若松レジデンス』を借りて、ごく普通に暮らしてる。この店にも飲みに来てるんでしょ？」

「串田さんは決まった仕事はしてないけど、内縁関係にある愛ちゃんがパーティー・コンパニオンをやってるのよ。政財界人のパーティーに出てるんで、日給三万円ぐらいになるらしいの。月に二十数日働けば、二人は生活できるでしょ？　串田さんも時々、便利屋の手伝いをしてるみたいだしね」

ママの葉子が視線を外し、流し台でアメリカ煙草の火を揉み消した。

「阿部さん、正直に話してもらえないかな」

刈谷は、くだけた口調で言った。

「わたし、嘘なんかついてないわ。おかしなことを言わないでちょうだい」

「こっちは警察官になって間もなく十五年になるんだ。数え切れない人たちから聞き込みをさせてもらったんで、人間が嘘をつくときのパターンを知ってるんですよ。気弱な者は聞き手の顔を正視しないし、目を泳がせる。逆に強《したた》かな者は、不自然なほど堂々としてる。視線を外したりしない」

「わたし、串田さんを庇《かば》ってなんかいないわよ」

「スツールに腰かけたときから気になってたんだが、正面の酒棚に串田の名札の掛かったスコッチ・ウイスキーのボトルが三本も並んでるね。開封されてるのは一本だけで、あとの二本は未開封だな」

「串田さんは客が少ない月は、余計にオールドパーをキープしてくれるのよ」

葉子が言いながら、三本のボトルを背で隠した。後ろめたさがあるから、反射的に体が動いたのだろう。

「ママが串田のアリバイ工作に協力したとしたら、当然、罰《ばっ》せられる。しかし、おれたちは点取り虫なんかじゃない。仮に阿部さんが串田に頼まれて口裏を合わせたとして、そのことで咎《とが》める気はないんだ。捜査に協力してくれたら、嘘の証言をしたことは上司には報告しない」

「そう言われても、わたしは……」

「事実を述べたと言い切れます？　ママ、本当のことを言ってほしいな」

奈穂が優しい声音《こわね》で諭《さと》した。

「どうしよう⁉」

「余計にスコッチのボトルを二本キープしてくれたのは、口裏を合わせてあげたお礼なんですね？」

「まいったな。ええ、そうよ。少しでも売上を伸ばしたかったんで、串田さんの頼みを聞いてあげちゃったの」

「やっぱり、一昨日の晩、串田は『道草』には飲みに来てなかったんだな」

刈谷は呟いた。

「愛ちゃんは仕事の帰りに寄ってくれたの。串田さんが外出してるはずだからって、午前一時近くまで店にいたのよ」

「串田は群馬に行ってたんじゃないの？」

「知らないわ。わたし、彼が一昨日、どこで何してたかは知らないのよ。嘘じゃないわ。愛ちゃん、串田さんの外出先については何も言わなかったしね」

「アリバイ工作に協力してくれって串田に頼まれたのは、いつなのかな？」

「きのうの夕方よ。営業時間の少し前に串田さんがやってきて、一昨日の夜はここで愛ちゃんと一緒に飲んでたことにしてくれって……」

「ママは、すぐ協力する気になったのかな？」

「ううん、少し迷ったわ。彼が前科三犯だと聞いてたから、何か危《ヤバ》いことをしたにちがいないと直感したのよ。でも、口裏を合わせてくれたら、スコッチを二本キープしてくれると言われたんで、つい協力する気になっちゃったの」

「オールドパーは一本いくらなんだい？」

「うちは一万円よ。二本で二万円の売上だから、それで大助かりなの。小さな店だから、一日三万の売上に達しない日もあるのよ。お金に目が眩《くら》んじゃったわけだけど、赤字になると、大変なの」

「そうだろうね。ところで、串田は最近あまり金回りがよくないって情報もあるんだが、どうだったんだろう？」

「札入れには、万札が五、六十枚入ってたわ。串田さん、愛ちゃんには内緒で何か法に触れる仕事を引き受けたんじゃないのかな。確かなことは言えないけど、彼、強請《ゆすり》めいたことをしてたみたいだから」

「串田が男女をひとりずつ拉致して、どこかに監禁してたような様子はうかがえなかった？」

「そういう気配は感じなかったけど、群馬の山林で刺し殺された男女は串田さんが殺《や》ったの？」

「それはわからないんだ、まだね。ママが串田と口裏を合わせたことは誰にも言わないよ。でも、犯罪者を庇うような真似はもうしないほうがいいな」

「はい。わたし、反省してるわ」

ママがしおらしく言って、下を向いた。

刈谷は奈穂に目配せして、スツールから腰を浮かせた。美人刑事がママに礼を述べ、すっくと立ち上がった。

二人は『道草』を出て、プリウスに乗り込んだ。

「串田が笠と古屋香織を拉致して、榛名湖の近くの山林で殺害したんでしょうか？」

ドアを閉めるなり、奈穂が問いかけてきた。

「前科三犯の男が凶器を犯行現場に遺して逃走するとは、どうしても思えないな」

「主任は、真犯人が串田に濡衣を着せたと考えてるんですね」

「多分、そうなんだろう」

「でも、串田にも怪しい点がありますよ。凶器のコマンドナイフをどこかで失くしたと供述したようですが、いつかわからないだなんて不自然じゃありませんか？」

「串田には、コマンドナイフを失った時期と場所を口にできない事情があったにちがいない」

「恐喝相手が隠し持ってた拳銃を取り出したんで、串田はちらつかせてたコマンドナイフを投げ捨てて逃げたんでしょうか？」

「そうだったのかもしれないぞ。串田に何度も強請《ゆす》られた人物が際限《さいげん》なく金をせびられるのは腹立たしいと思って、反撃に出た可能性はあるな」

「そうだとしたら、その脅迫されてた謎の人物がコマンドナイフを保管しておいたんでしょうね。そして、串田の仕業と見せかけて笠憲次と古屋香織を拉致し、群馬の山林の中で……」

「すでに串田はその相手から、だいぶ金をせしめてた。そのことが発覚したら、串田は間違いなく刑務所に送られる」

「それを避けたくて、コマンドナイフの件では曖昧な供述しかできなかったわけですか」

「考えられないことじゃないだろ？」

「ええ、そうですね。でも、殺人の嫌疑をかけられるほうが厄介でしょ？　二人も殺害したとなれば、死刑判決が下されるはずです。前科《マエ》が三つもあれば、極刑は免れないでしょう？」

「凶器の柄には串田の指掌紋が付着してたんだが、群馬県警はそのうち不自然さに気づくだろう。串田は捜査が進めば、自分に対する疑いは消えると確信してるんだと思うよ。だから、コマンドナイフを失くした時期と場所を吐かなかったんじゃないか」

「そうなのかしら？　主任、黒木恭太がどこかで拳銃を密かに入手して、串田を威嚇《いかく》した可能性はありませんかね？」

「もう少しわかりやすく説明してくれ」

刈谷は注文をつけた。

「言葉が足りなかったですね。黒木兄妹が落合、吉崎の両刑事の殺害を串田に依頼したと仮定しましょう。串田は警察関係者を毛嫌いしてるでしょうから、成功報酬が安くても刑事殺しを引き受けるんじゃないかしら？」

「そんな甘ちゃんじゃないと思うよ。一匹狼の強請屋は、安い謝礼で殺人《コロシ》なんか請け負わないだろう」

「引き受けたと仮定させてください」

「わかったよ」

「主任がおっしゃったように、串田は落合警部補と吉崎巡査部長を始末してから、成功報酬が安すぎたと悔んだ。それで、黒木兄妹に追加のお金を要求したのかもしれません」

「要求額は高額だった？」

「ええ、そうだったんでしょう。とても兄妹が用立てられる額じゃなかったんで、追加分の支払いを拒んだ。串田は自分の要求を突っ撥ねたら、代理殺人の依頼人の名を警察に教えると黒木兄妹に凄んだんじゃないのかな」

「串田が二人の刑事を殺《や》ったんなら、兄妹に弱みを知られてることになるぞ」

「その通りですね。でも、串田は開き直って生きてるはずです。それに代理殺人の依頼人の急所を押さえてるわけですから、駆け引きで弱気になることはないでしょう」

「串田のほうが図太いだろうから、強気で黒木兄妹を威しつづけるだろうな」

「兄妹は心理的に追いつめられたんで、ハンドガンを手に入れて串田を撃退させる気になったのかもしれませんよ。そのとき、黒木恭太は柄に指掌紋がべったりと付いた串田のコマンドナイフを手に入れて……」

「入江は、行方をくらました黒木兄妹が串田の犯行に見せかけて笠と香織の二人を群馬の山林で刺し殺したと筋を読んだわけか」

「はい。あっ、いけない！　一昨日の夜、兄妹は東京にいたんでしたね」

　奈穂が舌の先を覗かせた。

「あらゆる可能性を考えてみることは大事だが、論理的に組み立てていかないとな」

「すみません。元鑑識係のくせに、わたし、初歩的なミスをしてしまいました。恥ずかしいわ」

「気にするな。おれも二十代のころは、リアリティーを無視した筋の読み方をして、上司を苦笑させたもんだよ」

「それにしても……」

「ミスを恐れてたら、成長しないぞ。入江、自信を失うことないって」

「は、はい」

「群馬県警の連中がまだ張り込んでるだろうが、また『若松レジデンス』の前の通りに戻ってみるか」

刈谷は言った。

奈穂がエンジンを始動させ、串田の自宅マンションにプリウスを向けた。刈谷は表通りの手前で、プリウスをガードレールに寄せさせた。助手席から降り、『若松レジデンス』のある通りをうかがう。

エスティマは同じ場所に駐まっていた。

串田は張り込まれていることに気がついているだろう。部屋から出るに出られないにちがいない。持久戦になりそうだ。

踵《きびす》を返したとき、堀から電話がかかってきた。

「笠も古屋香織も身内に金品を預けてませんでしたね。交友関係からも、手がかりは得られなかったっす。群馬県警の者がいたんで、被害者たちの血縁者に会うのが一苦労でした」

「それは大変だったな」

刈谷は部下を犒《ねぎら》った。

「そっちはどうっす？　串田の家《ヤサ》の近くに群馬県警の者が張り込んでたんじゃないっすか」

「ああ、そうなんだ。だから、まだ串田に揺さぶりをかけてないんだよ。しかし、少し捜査は進んだ」

「新事実がわかったんすね？」

堀が声を弾ませた。刈谷は、『道草』のママが串田のアリバイづくりに協力したこともかいつまんで伝えた。

「それじゃ、串田が榛名湖の近くの山林で笠と古屋香織を刺殺した疑いが……」

「いや、串田はシロだろう。前科三犯の串田が指掌紋の付着したコマンドナイフを犯行現場に遺《のこ》すわけない」

「そうだろうな。ええ、そうっすね。となると、笠たち二人を葬ったのは誰なんだろうか」

「そう遠くないうちに、一連の事件の全容が透《す》けてくるさ。西浦さんと一緒に署にいったん戻ってくれ。こっちに何か動きがあったら、連絡するよ」

「了解っす」

堀の声が途絶えた。刈谷は通話終了キーを押した。数秒後、新津隊長から電話があった。

「黒木兄妹は千葉県内に潜伏してるのかもしれないな」

「その情報はどこから？」

「日垣警部が新宿署《うち》の持丸刑事課長から直《じか》に聞いた話だそうだ。持丸課長は捜査本部を離脱後も、黒木兄妹の動向を独自に調べてたらしいんだよ。兄妹が第三者に落合警部補と吉崎巡査部長の二人を殺《や》らせたと睨んで、行方を追ってたそうだ。兄妹を津田沼《つだぬま》駅の近くで目撃したという情報が入ったというんだよ。芽衣は買ったばかりのフライパンを持ってたということだから、兄妹は千葉県内のどこかに身を潜めてるのかもしれないな」

「そうですね」

「刈谷君、黒木兄妹がまだシロと言えないわけだから、西浦・堀班には千葉に回ってもらったほうがいいんじゃないのか」

「後で指示を出します」

刈谷は言って、串田がアリバイ工作をしていた事実を報告しはじめた。

4

夜になった。

群馬県警のエスティマは張り込みを続行中だった。陽《ひ》が沈んだ直後、刈谷は奈穂にプリウスを『若松レジデンス』の前の通りに移動させた。

暗くなれば、群馬県警の捜査員たちの目に留《と》まりにくい。

刈谷はそう判断し、脇道から車を表通りに移させたのである。むろん、ヘッドライトはすぐに消させた。エスティマとは向き合う形だった。

串田は自分の部屋に引き籠《こ》もったままだ。なぜか、同棲している小坂愛も外出しない。

刈谷は夕闇が漂いはじめたころ、新津隊長に愛の顔写真を送信してもらった。運転免許証の写真の複写をメールしてもらったのだが、さほど不鮮明ではなかった。マンションから出てくれば、すぐ気づくだろう。

「群馬の捜査員たちは、いっこうに張り込みを解除しませんね。ということは、串田が笠と古屋香織を殺《や》ったと睨んでるんだろうな」

「そうなんだろう。しかし、串田は真犯人《ホンボシ》じゃないと思うよ。どう考えたって、犯歴のある人間が指掌紋の付着したコマンドナイフを事件現場に遺して逃げるのは妙だからな」

「ええ、不自然は不自然ですね。ですけど、主任……」

奈穂が言い淀《よど》んだ。

「入江、はっきり言えよ」

「は、はい。こうは考えられませんか。実は串田が加害者で、古屋香織の胸部から凶器を抜きかけたとき、林道に誰かが近づいてきた。それで、串田は焦って逃げた」

「地元の人たちは、めったに犯行現場まで行くことはないと言ってた。たまたま一昨日の夜に現場付近を人が通った可能性がゼロとは言わないが、まず考えにくいな」

「そうかもしれません。それはそうと、パーティー・コンパニオンをやってるという小坂愛は外出しませんね。今夜はバンケットの仕事、ないのかしら？」

「そうなのかな。串田と小坂は張り込みに気づいて、出かけることを控えてるんじゃないだろうか。おれは、そんな気がしてるんだ。刑事たちに尾行されたら、うっとうしいからな」

「主任、それだけなんでしょうか？　串田は行きつけのスナックのママに口裏を合わせてもらって、アリバイ工作をしたんですよ」

「その理由については、昼間、おれの推測を喋ったはずだ」

刈谷は言った。

「もちろん、憶《おぼ》えてますよ。でも、そうだったんでしょうか。目撃証言はありませんが、実は串田は一昨日の晩、榛名湖周辺にいたんじゃないのかしら？　地元署と群馬県警機捜初動班はちゃんと串田の目撃情報を摑んでたけど、県外の捜査機関には内緒にしてたのかもしれませんよ。県内で発生した殺人事件の被疑者を他県や警視庁に先に検挙されたら、面目丸潰れですからね」

「群馬県警は、神奈川県警みたいに桜田門に対抗心を燃やしてるわけじゃない。妙なセクショナリズムは感じてないと思うがな」

「建前はともかく、本音ではわかりませんよ。どこだって、自分んとこの庭先を荒らされて面白いわけはありませんからね」

「それは、そうだな。しかし、群馬県警が串田を重要参考人と見てるんだったら、張り込み班が一組というのはおかしい。複数班が『若松レジデンス』の周辺を固めてるはずだよ」

「ええ、そうですね。群馬県警は、まだ串田を重参とは見てないのかな。だけど、怪しい点があるんで、二人の捜査員を串田の自宅マンションに張りつかせてるんでしょうか」

「そうなんだろう。串田が山林で犯行《ヤマ》を踏んでたら、内妻の小坂愛を人質に取ってでもうに逃亡を図ってるんじゃないのか」

「そこまで非情なことをしますかね。前科《ホシ》を三つ背負《しょ》ってるけど、串田の体には人間の血が通ってるんです。もしかしたら、小坂愛は同棲相手を逃がすため、仕事を休んだのかもしれませんね」

　奈穂が口を閉じた。

　刈谷は何も言わなかったが、女性刑事らしい推測だと感じていた。男の自分には、考えもつかない発想だった。

凶悪犯罪に走る者たちも、案外、身内や惚れた異性には心優しい。心根《こころね》の腐った強請屋も、小坂愛には深い愛情を示しているのだろうか。そうなら、パーティー・コンパニオンも串田にとことん尽すのではないか。愛が串田を逃がす気になっても、別に不思議ではない。

「主任、お腹が空いたでしょ？　わたし、コンビニか弁当屋で何か買ってきますよ。まだ串田は動かないと思うんで……」

奈穂が言った。

「それはわからないぞ。対象者《マルタイ》の行動は予測できないことが多いからな」

「でも、空腹でしょ？　わたしは耐えられますけどね」

「なら、非常食で腹をなだめよう」

刈谷はグローブボックスを開け、ラスクとビーフジャーキーを取り出した。二人は非常食を分け合って、夕食代わりにした。どちらも、ペットボトルの天然水を飲んだ。

「ちょっと外気を吸ってくる」

刈谷は助手席から出て、セブンスターに火を点けた。携帯用灰皿を上着のアウトポケットから摑み出し、ゆったりと紫煙をくゆらせる。

一服し終えると、私物のスマートフォンが懐で打ち震えた。マナーモードにしてあった。

刈谷はスマートフォンを取り出した。発信者は諏訪茜だった。

「もう自宅に戻ってるの？」

「いや、まだ仕事中なんだよ。資料の事件調書の配列を変えることになったんで、スタッフ全員で棚の入れ替えをしてるんだ」

刈谷は嘘をついた。交際相手にも、潜行捜査のことを明かすわけにはいかなかった。

「大変ね」

「いや、現場捜査に携わってたころみたいにハードじゃないから、体はずっと楽なんだ。仕事は退屈だけどさ。事件調書の貸し出しと保管をやってるんで、なんか自分が図書館司書になったような気分だよ」

「次の異動で別の所轄署の刑事課に転属になるといいわね」

「おれは生意気と思われてるし、ひねくれ者でもある。だから、もう現場捜査に戻れないかもしれない」

「そうかな。気骨のある警察官僚がいて、ちゃんと亮平さんのことを高く評価してくれてるんじゃない？」

「そういうキャリアがひとりぐらいいたとしても、人事権があるわけじゃない。だから、あまり期待はできないな」

「いっそ転職しちゃう?」

茜が言った。けしかけるような口調だった。

「捜査資料室は、署内で〝追い出し部屋〟とか陰口をたたかれてるんだ。異動になった当初はおれも腐って、本気で依願退職する気になったよ。でもさ、優等生っぽい言い方になるが、裏方の仕事もそれなりに価値があることに気づいたんだ」

「確かに、そうよね。どんな仕事だって、表で活躍する人ばかりじゃなく、大勢の縁の下の力持ちみたいなスタッフに支えられてるわけだから。地味な部署に配属されたことを嘆いたりするのは、ちょっと傲慢《ごうまん》かもしれないわね」

「ああ、そうだな。たとえば役者の世界だって、主役、準主役、脇役がいて、成立してるわけだ。スポットライトが当たらなきゃ満足できないと考えるのは思い上がってるし、妙な階級意識に囚《とら》われてることになる」

「そうね。チームプレイの場合、どのプレイヤーも必要に決まってる。転職を勧めるような言い方をしちゃったけど、事実、そうなんだと思うの」

「おれも、そのことに気づかされたんだよ。だから、いまの仕事をしばらくつづける気になったんだ」

「そう。亮平さんが仕事で忙しいなら、今夜は遠慮しないとね。ブラジルに取材に行く前にもう一度、あなたと一緒に過ごしたいと思ってたんだけど……」

「おれも、そうしたいと思ってたんだ。渡してある合鍵で勝手に部屋に入ってもかまわないから、茜、部屋で待っててくれよ」

刈谷は言って、通話を切り上げた。

そのすぐ後だった。『若松レジデンス』の地下駐車場から、黄色いフォルクスワーゲンが走り出てきた。

ステアリングを握っているのは小坂愛だった。同乗者の姿は見当たらない。

フォルクスワーゲンが速度を上げたとき、『若松レジデンス』から警報音が高く響いてきた。火災報知器が鳴っているようだ。煙や白煙は見えない。

「串田の自宅マンションから出火したようですね」

奈穂が言いながら、プリウスの運転席から飛び出してきた。

「そうみたいだな。少し前に『若松レジデンス』の地下駐車場からレモンイエローのフォルクスワーゲンが出てきたよな?」

「ええ、女性が運転してましたね」

「入江は気づかなかったようだな。車を運転してたのは、小坂愛だった」

「えっ、そうだったんですか。わたし、気がつきませんでした」

「愛の車が速度を上げて間もなく、警報音がけたたましく鳴り響きはじめた。単なる偶然じゃないな」

「串田はマンション内の火災報知器のサイレンを故意に轟《とどろ》かせて、入居者たちを表に出させる気なんですね？」

「多分、そうなんだろう。外に飛び出すマンションの住人たちに紛《まぎ》れて、串田は逃走するつもりなのかもしれないぞ。先に車でマンションを出た小坂愛がどこか近くで串田を拾って、群馬県警の張り込み班の目の届かない所に逃げる気なんじゃないか」

刈谷は言った。

そのとき、『若松レジデンス』のアプローチから入居者が続々と走り出てきた。一様《いちよう》に焦った様子だった。マンション内で本当に火災が発生したと思ったのだろう。

マンションの前に入居者が溜まりはじめた。誰もが建物を見上げている。人垣でエステイマは視界から消えた。

「人垣の中に串田がいそうだな。いたら、串田に職務質問《バン》をかけよう。それで、公務執行妨害容疑ってことにして、とにかくプリウスの後部座席に押し込むんだ」

刈谷は奈穂に言って、『若松レジデンス』の真ん前に向かった。奈穂が追ってくる。

二人は、不安顔で群れている入居者たちの間に分け入った。

おのおの人々を掻き分けて目を凝らしたが、串田はどこにもいなかった。どさくさに紛れて、早くも自宅マンションから遠ざかったのだろうか。

「車に戻ろう」

刈谷は奈穂に耳打ちし、灰色のセダンに向かって駆けだしはじめた。奈穂がすぐに従《つ》いてくる。

ほどなく二人は相前後して、プリウスに乗り込んだ。奈穂が車を急発進させる。

「付近一帯を走ってくれ。串田は、そう遠くまでは逃げてないだろう」

刈谷は部下に言って、走る車の中から暗がりに忙《せわ》しなく目をやった。気になる人影は視界に入ってこない。

遠くから消防車と救急車のサイレンが響いてきた。五、六台だ。夜空は炎で焦がされていない。串田がわざと火災報知器の警報音を響かせ、逃亡を図ったと思われる。

奈穂が車を脇道に乗り入れた。

『若松レジデンス』の斜め裏手に回り込むと、『道草』の近くの路上に黄色いフォルクスワーゲンが駐《と》まっていた。

ライトは消されていたが、エンジンのアイドリング音がする。助手席には誰かが坐っていた。体つきから察して、男だろう。だが、顔はよく見えない。多分、串田だろう。

レモンイエローのドイツ車が急に走りだした。

無灯火のままだった。五、六十メートル走ってから、ライトを点けた。

「ワーゲンをどこまでも追ってくれ」

刈谷は命じた。奈穂が短い返事をし、ライトをハイビームにした。

黄色い車の助手席に坐った男が反射的に振り返った。やはり、串田だった。

「こちらの読み通りでしたね」

「入江、ワーゲンを見失うなよ」

刈谷は言って、口を引き結んだ。

黄色いドイツ車は元麻布《もとあざぶ》を抜け、神谷町《かみやちよう》方面に向かった。桜田通りをたどり、芝《しば》三丁目と五丁目の間を通過した。

「道なりに進めば、東京湾にぶつかりますよね」

奈穂が言った。

「そうだな。左手には日《ひ》の出《で》桟橋があって、右手は芝浦《しばうら》桟橋だ。船で伊豆諸島のどこかに渡るつもりなんだろうか、串田は」

「それなら、ワーゲンは浜離宮《はまりきゅう》寄りの竹芝《たけしば》桟橋に向かうでしょ？」

「そうだな。串田はおれたちを芝浦桟橋の倉庫街かコンテナ置場に誘い込んで、正体を突き止める気になったのかもしれないぞ」

「そうなんですかね」

「入江、油断するなよ」

刈谷は部下に言って、自身も気持ちを引き締めた。

予想通りだった。フォルクスワーゲンは芝浦一丁目交差点を越え、芝浦ＪＣＴ《ジャンクション》の向こう側の道を右折した。

プリウスは追走しつづけた。

小坂愛がハンドルを握った車は芝浦桟橋に入ると、巨大な起重機《デリック》のある方向に走った。デリックの少し手前で、コンテナヤードに入った。ほどなく停止音がした。

「入江は、おれの後ろに控えてろ」

「でも、相手は前科三犯なんですよ。わたしたちの身分がわかったら、死にものぐるいで逃げ切ろうとするでしょう？　きょうは拳銃を所持してないから、主任ひとりでは危険です」

「大丈夫だよ。曲がったら、すぐ車を停めてくれ。いいな」

刈谷はシートベルトを外した。

プリウスが長いコンテナを回り込み、じきに停まった。刈谷は車から出た。フォルクスワーゲンは三十メートルほど先に停止している。エンジンは切られていない。

黄色い車の助手席のドアが開けられた。

降りたのは串田だった。右手に何か握っている。銀色のスパナだった。

刈谷は歩幅を大きくした。串田も大股になった。

二人は対峙《たいじ》した。間合は三メートルそこそこだった。

「群馬県警はしつこいな。おれは一昨日、榛名湖に行ってない。だから、山林の中で誰も刺しちゃいないよ。なのに、なんで張り込んでるんだっ。前科歴があるからって、やたら人を疑うんじゃねえ！」

「おまえは嘘をついてる。アリバイを用意する必要があったんで、『道草』のママに口裏を合わせてもらったんだな。スコッチのボトルも二本、余計にキープしたことまで知ってるんだよ。アリバイ工作に協力してくれたお礼だな？」

「ママ、喋っちまったのか。くそーっ。女は信用できねえな。おれが最初につき合った女も、こっちの友達《ダチ》と二股かけてやがった。頭にきたぜ。だから、二人とも半殺しにしてやったんだ」

「そんな話はどうでもいい。串田、おまえは本当は榛名湖畔に行ってないのか？　おれたちは群馬県警の者じゃない。だから、正直に答えてくれ」

「警視庁の者か？　それとも、どこか所轄の人間なのかよ？」

　串田が訊いた。

「所属は教えられないが、おれたちは同じ日に殺害された二人の刑事の事件を調べてる。被害者は本庁捜一の落合警部補と四谷署の吉崎という巡査部長だった。二人は、三年ほど前に上野署管内で起こった強盗殺人事件を担当してた。その当時、吉崎刑事は上野署にいた。二人は誤認逮捕で、黒木弓彦という男を送致した。黒木は落合たちに自白を強要されて、有罪判決を受けた。服役中に自分は無実だと訴え、再審申し立てをする気でいた。だが、獄中で病死してしまったんだ」

「長々と喋ったが、それがおれと何か関わりがあるって言うのかよ」

「黒木弓彦の遺児の恭太か芽衣のどちらかに代理殺人を依頼されたことはないか？」

「代理殺人だって⁉」

「そうだ。復讐の代行と言い換えてもいいな。黒木兄妹は父親を強盗殺人犯扱いした二人の刑事、それから嘘の目撃証言をした男女を憎んでたようなんだ。二人の証言者は、群馬の山林で刺殺された笠憲次と古屋香織だ。香織の胸部には、おまえのコマンドナイフが突き刺さったままだった。柄の部分には、そっちの指紋や掌紋がべったりと付着してた」

「それで、おれは群馬の警察に疑惑を持たれたが、殺人《コロシ》なんかやってねえ。二人の刑事殺しはもちろん、一昨日の犯行《ヤマ》にも関わってねえよ」

「なら、なんでコマンドナイフを失くした時期と場所について明確な受け答えをしなかったんだ？　疚《やま》しさがあったんで、曖昧な返事しかしなかったんだろうが？」

「それは……」

「おまえを殺人犯に仕立てようとした人物に思い当たるんだな。車の中で話をじっくりと聞いてやろう」

刈谷は言いざま、串田に組みつく真似をした。串田が持っているスパナを振り回した。

「公務執行妨害だな。暴れたら、手錠《ワッパ》打つぞ」

「おれは罠に嵌められたんだよ。おれは、ある男に榛名湖畔まで来てくれって電話で呼び出されたんで……」

「そいつは誰なんだ？」

「言えねえよ」

「おまえは、その相手の弱みを握ってたんじゃないのか。それで、多額の口止め料を脅し獲《と》る気だったようだな。恐喝罪で起訴されたくないんで、相手の名を言えないんじゃないのか」

「あんた、腕っこきの刑事みてえだな」

「図星だったか。おまえが本当に誰も殺してないなら、力になってやろう。串田、何もかも話せ！」

「その手にゃ、引っかからないぜ。おれは警察《サツ》の人間は誰も信用してないんだ」

「おまえが逃げるつもりなら、ぶちのめすことになるぞ」

刈谷は宣言した。

串田が唸り声を発して、スパナを振り回しはじめた。殺気立っていた。

刈谷は後退しはじめた。串田が疲れ果てたころを見計らって、一気に身柄を確保するつもりだ。

「主任、加勢しましょうか？」

後ろで、奈穂が言った。

「加勢は必要ない」

「ですけど……」

「そっちは小坂愛を押さえといてくれ」

刈谷は指示を与えた。すぐに奈穂がコンテナ沿いに走り、フォルクスワーゲンに接近した。

「愛、逃げろ！」

串田が大声で叫び、刈谷にスパナを投げつけてきた。刈谷は身を屈めてスパナを避けた。

「くそったれ！」

串田が毒づいて、背を見せた。

奈穂が小坂愛をフォルクスワーゲンの運転席から引っ張り出した。串田に縋《すが》るような眼差《まなざ》しを向けたが、パーティー・コンパニオンは何も言わなかった。

串田がコンテナとコンテナの間に逃げ込み、岸壁に向かった。

刈谷は追いながら、腰から特殊警棒を引き抜いた。三段の振り出し式になっている。ボタンを押し込むと、特殊警棒が伸び切った。

串田の逃げ足は速かった。だいぶ距離が広がっていた。

刈谷は疾駆《しっく》しながら、串田の足許を狙って特殊警棒を投げ放った。

的《まと》は外さなかった。串田が足を縺《もつ》れさせた。前のめりに倒れ、呻き声を洩らした。

刈谷は一気に距離を縮めた。

串田が敏捷に起き上がって、岸壁まで突っ走った。そのまま大きく身を躍《おど》らせた。ややあって、派手な水音がした。

刈谷は岸壁まで走り、暗い海面を覗いた。

小さな水泡が見えるが、串田の頭は目に入ってこない。しばらく潜水で泳ぐつもりらしい。刈谷は波間を凝視しつづけた。串田は巨大な貨物船の向こう側にすでに回り込んだのか。

刈谷は歯噛みして、さらに目を凝らした。

しかし、いつまで待っても墨色の海面が割れることはなかった。刈谷はコンテナの間に走り入り、特殊警棒を拾い上げた。

小坂愛から何か手がかりを得られるだろうか。刈谷はコンテナヤードを抜け、黄色いドイツ車に足を向けた。

第五章　殺人鬼の素顔

1

捜査に進展がない。

刈谷は口にこそ出さなかったが、さすがに焦躁感《しょうそうかん》を覚えていた。芝浦桟橋で串田和馬に逃げられたのは一昨日の晩だ。

刈谷は小坂愛を問い詰める前に、本多署長経由で捜査協力を要請した。湾岸署は東京湾内を探索してくれたが、串田は見つからなかった。

小坂愛からも、新たな手がかりは得られていない。

ただ、愛は四日前、串田が榛名湖周辺に出かけたことは認めた。しかし、電話で串田を群馬県に誘《おび》き出した人物には思い当たらないと繰り返した。

いま刈谷は、『若松レジデンス』の近くで張り込み中である。スカイラインの助手席には西浦律子が坐っていた。

午後二時過ぎだった。群馬県警の捜査車輛はどこにも見当たらない。

堀・入江班は、きのうに引きつづき千葉県内で黒木兄妹の潜伏先を突きとめようとプリウスを走らせているはずだ。

「刈谷ちゃん、焦ることないわよ」

律子が沈黙を破った。

「わかっちゃいましたか」

「そりゃ、わかるわよ。意味もなくハンドルを指先で叩いたり、貧乏揺すりもしてたもん」

「えっ、そうですか。自分では気づかなかったな」

「無意識の行動だったんだろうね。主任なんだから、刈谷ちゃんが焦る気持ちはわかるけどさ、新宿署《うち》に設けられた捜査本部はまだ落合殺しの容疑者も絞り込めてない」

「そうですね」

「渋谷署に設置された捜査本部も吉崎殺害事件の犯人《ホシ》を割り出せてないし、群馬県警も笠憲次と古屋香織を刺し殺した加害者は串田和馬だろうという見方をしてるようだけど、まだ特定には至ってないわよね。だからさ、そんなに焦ることないって」

「西浦さんにそう言われると、なんか心強いな」

「わたしのこと、姐御《あねご》みたいに言わないでよ。こっちのほうが年上だけど、刈谷ちゃんの部下なんだからさ」

「でも、刑事としては先輩ですからね」

「おばさん扱いされちゃったか。でも、わたし、怒らないよ。実際、そういう年齢なんだからさ」

「それはそうと、おれの読みはどうでしょう？　串田は岸壁から海に飛び込んだわけだけど、高飛びの準備はしてなかったはずです。群馬県警の者に自宅を見張られてるんで……」

「火災報知器の警報音を鳴らして、どさくさに紛れて逃げたんだろうね。刈谷ちゃんの読みは正しいと思うよ。串田は多少の現金やキャッシュカードは持ってただろうけど、旅券の類《たぐい》までは持ち出してなかったんじゃない？」

「それだから、必ず小坂愛に連絡すると睨《にら》んだわけですよ。しかし、きのう一日張り込んでも、愛は串田と接触しなかった。バンケットの仕事をこなしたら、まっすぐ帰宅しましたからね」

「せっかちだな、刈谷ちゃんは。まだ二日目よ。串田は警戒して、すぐには愛と接触しないんだと思うけどね」

「そうかな」

「刈谷ちゃん、辛抱強く小坂愛が動くのを待とうよ。ところで、串田は本当に誰かに榛名湖畔に呼び出されたのかな？」

「苦し紛れの言い逃れじゃない気がします。犯歴のある串田が自分の指掌紋の付着したコマンドナイフを古屋香織の胸に突き立てたまま逃走するなんて、やはり考えにくいですから」

「うん、確かにね。刈谷ちゃんが言ったように、串田は何かを脅迫材料にして口止め料を毟《むし》り取る気でいたのかもしれないな。その相手が黒木恭太か、妹の芽衣とは考えられない？」

「そのことで、芝浦桟橋で串田に探りを入れてみたんですよ。しかし、串田は黒木兄妹とは面識がないと言ってました」

「つまり、串田は黒木兄妹に二人の刑事の始末を頼まれてないってことね？」

「ええ、それから笠と古屋香織の死には絡んでないとも言ってました」

「串田の言ったことが本当なら、一連の殺人事件の実行犯は別人というわけか」

「そうなりますね」

「黒木兄妹はネットの闇サイトで、別の殺し屋にまず落合と吉崎を片づけさせて、四日前に笠と古屋香織を刺殺させたのかな。その実行犯は串田と知り合いで、何か恨みがあった。そう推測すればさ、辻褄《つじつま》は合ってくるんじゃない？」

「そうだったとしたら、串田は実行犯が二人の刑事を殺害したことを嗅《か》ぎ当て、殺人《コロシ》の報酬をそっくり横奪《ど》りする気になったのかもしれませんね」

「実行犯と串田は、同じ刑務所で服役したことがあるんじゃないの？　ええ、考えられるわね」

「その実行犯は串田に屈したら、いつまでも自分が〝貯金箱〟にされると思い、強請屋《ゆすりや》を笠と香織殺しの犯人に仕立てようとしたんだろうか」

　刈谷は自問した。

「実行犯は、どうやって串田のコマンドナイフを手に入れたのか。気に入ったんで、高値で譲ってくれないかと串田に言ったのかな？」

「西浦さん、串田は実行犯を脅迫してたのかもしれないですよ」

「ううん、そうじゃない気がするな。実行犯は串田の目を盗んで、脱いで無造作に置いてあった上着のポケットからコマンドナイフをこっそり抜き取ったんじゃない？　当然、刃物全体に自分の指紋がくっつかないようハンカチか何か使ってさ」

「そうなんですかね」

「刈谷ちゃん、新津隊長に連絡してさ、串田と接点のあった受刑者をすべてリストアップしてもらったら？」

律子が提案した。刈谷は綿ジャケットの内ポケットから刑事用携帯電話《ポリスモード》を摑《つか》み出し、新津隊長に連絡を取った。

待つほどもなく通話可能状態になった。

「ようやく小坂愛が動きだしたか」

「そうじゃないんですよ。日垣警部にひと働きしてほしいことがあるんです」

「何をさせればいいのかな？」

新津が問いかけてきた。刈谷は理由《わけ》をかいつまんで話した。

「なるほどね。そんなふうに筋を読むこともできるな。すぐ日垣君に、串田と同時期に服役して出所した前科者をリストアップしてもらおう」

「お願いします。新津さん、堀・入江班から何か報告が上がってきました？」

「二人は前日と同様に千葉県内のターミナル駅構内や駅ビルに設置されてる防犯カメラの録画映像を観《み》せてもらって、さらに宿泊施設やレンタカー営業所を回ってるらしい。だが、黒木兄妹の姿はまったく映ってなかったそうだ。それから、どこにも泊まってないみたいなんだよ」

「そうですか」

「津田沼駅付近でフライパンの入った袋を持ってる黒木芽衣を目撃したという情報が地元署に寄せられてたんで、てっきり兄妹は千葉県内に潜伏してると思ってたんだがね」

「それは、一種の陽動作戦だったのかもしれません」

「カムフラージュだったんだろうか。ああ、そうとも考えられるね。買ったばかりのフライパンをわざわざ袋から覗《のぞ》かせてるのは不自然だからな」

「そうですね。黒木芽衣は兄貴と千葉県内に身を隠してると見せかけて、わざわざ津田沼に出向いた可能性もありそうだな」

「ああ、そうだね。刈谷君、黒木兄妹は神奈川県か静岡県内に潜伏してるのかもしれないぞ」

「ええ、考えられないことじゃないと思います」

「串田の刑務所仲間がわかったら、きみの携帯を鳴らすよ」

新津隊長が電話を切った。

その直後、『若松レジデンス』から黄色いフォルクスワーゲンが走り出てきた。運転席の小坂愛は濃いサングラスをかけていた。

「愛を泳がせておいたのは正解だったわね。これから彼女は、串田に会いに行くんだと思うよ」

律子が顔を綻《ほころ》ばせた。刈谷は充分に車間距離を取ってから、愛の車を追尾しはじめた。

フォルクスワーゲンは大久保通りに出ると、明治通りのある方向に進んだ。明治通りを左折し、今度は渋谷方面に向かった。

やがて、黄色い外車は明治通りと新宿通りの両方に面した老舗《しにせ》デパートの広い駐車場に入った。刈谷は、フォルクスワーゲンとは少し離れた場所にスカイラインを駐めた。

「何か買いにきたみたいね。刈谷ちゃんは面が割れてるから、わたしが様子をうかがってくるわ」

律子が言った。刈谷は無言でうなずいた。

小坂愛が車を降り、エレベーター乗り場に向かって歩きだした。律子がさりげなくスカイラインの助手席から出て、愛の後を追う。

刈谷はセブンスターに火を点《つ》けた。

愛は、串田に頼まれて洗面用具、衣料、シェーバーなどを買いに来たのではないか。そして夜になったら、そうした物を内縁の夫の潜伏先に届けるのではないだろうか。場合によっては、串田と行動を共にする気でいるのかもしれない。

串田の隠れ家を突きとめることができたら、少しは捜査が捗《はかど》るだろう。今度はどんなことがあっても、串田を逃がすわけにはいかない。刈谷は自分に言い聞かせた。

律子から電話がかかってきたのは、およそ五十分後だった。

「対象者《マルタイ》は男物の下着、ソックス、シャツ、スラックスを次々に買って、洗面用具、ローション、シェーバーなんかも購入したわ」

「それじゃ、愛は串田の潜伏先に行く気なんでしょう」

「それは間違いないわよ」

「館内のどこかに串田がいるとは思えませんから、西浦さんは車に戻ってくれませんか」

「わかったわ。でも、少し時間をちょうだいね。トイレに行って、大急ぎで飲みものと食べ物を買いたいの」

「了解です」

刈谷はポリスモードの通話終了キーを押した。これまでに律子が捜査上でミスを犯したことはない。小坂愛よりも早く駐車場に引き返してくるだろう。

十数分待つと、シングルマザー刑事が戻ってきた。紙袋を抱えていた。

「喉、渇《かわ》いてるでしょ?」

律子は助手席に坐ると、紙袋から冷えた清涼飲料水のボトルを二つ取り出した。

「悪いですね」

「ミックスサンドやおにぎりも買ってきたから、適当に食べて」

「代金、後で払います」

「いいわよ、そんなの。刈谷ちゃんには、よく奢《おご》ってもらってるんだから。総額でも母子家庭に響く代金じゃないわ。遠慮しないでちょうだい」

「それじゃ、ご馳走になります。それにしても、西浦さんはどんなときも元気だな」

「空《から》元気を出してるのよ。シングルマザーが頼りなげだったら、娘が不安がるじゃないの」

「それは、そうでしょうがね」

刈谷はペットボトルを受け取り、喉を潤《うるお》した。生き返った心地がする。律子も清涼飲料水を口に含んだ。

それから数分が流れたころ、愛が駐車場に戻ってきた。両手にデパートの紙袋を提《さ》げている。串田の内妻は買った物を車のトランクルームに手早く収めると、運転席に乗り込んだ。フォルクスワーゲンはすぐに走りだした。

刈谷は、ふたたびレモンイエローの車を追走しはじめた。

愛の車は来た道を逆にたどり、『若松レジデンス』の地下駐車場に潜った。刈谷はスカイラインをさきほどとは少し離れた路肩に寄せた。

「明るいうちは、愛、出かけないと思うわ。陽が落ちるまで少し体を休めておかない？」

「西浦さん、仮眠をとってもかまいませんよ」

「そういうわけにはいかないでしょ？」

律子が微苦笑して、背凭《せもた》れに上体を預けた。刈谷もシートに凭れた。

新津から電話があったのは、午後五時過ぎだった。

「コールバックが遅くなってしまったね。日垣君の報告によると、串田和馬は三回服役したわけだが、同じ雑居房にいた受刑者とは必要最少限の言葉しか交わさなかったそうだ。木工作業中も同じだったらしいよ」

「ということは、串田には親しい刑務所仲間はいなかったんでしょうね」

「そうだったようだ。串田は変人に見られてたみたいだから、接近してくる受刑者はいなかったんだろう」

「孤立してたんなら、串田と服役中にトラブルを起こした者はいなそうだな」

「そう考えてもいいだろうね」

「そうなると、串田が刑務所仲間に何かで恨まれてた可能性はないでしょう」

「そうなんだろうな」

「知り合いの受刑者が、串田の犯行に見せかけて二人の刑事を殺害したかもしれないという推測は外れてるようだな。逆に昔の刑務所仲間が報復殺人を請け負って、それを串田に知られて強請られてたという筋読みも間違ってたんでしょう」

「いろいろ錯綜《さくそう》してるようだが、串田を押さえれば、謎を解く緒《いとぐち》は見出せる気がするね」

「それを期待しましょう」

刈谷は通話を切り上げ、律子に隊長から聞いたことを伝えた。

「串田は服役中にほかの受刑者とまともに口を利いてなかったんなら、誰かに恨まれたり、慕われたりもしてなかったんだろうね。刈谷ちゃん、串田を榛名湖畔に呼び出したのは刑務所仲間じゃないわよ」

「そうなんでしょうね」

「串田を群馬に誘《おび》き出したのは、いったい誰なのかな。謎が謎を呼んだみたいで、頭が混乱してきたわ」

律子が首を竦《すく》めた。

刈谷も迷路に足を踏み入れたような気分だった。あれこれ推測してみたが、謎は解けなかった。

黄色いフォルクスワーゲンが『若松レジデンス』の地下駐車場から走り出てきたのは、午後八時過ぎだった。愛はサングラスをかけていなかった。

「尾行を開始します」

刈谷は律子に告げ、スカイラインを走らせはじめた。

愛の車は明治通りに出ると、昼間とは逆に右折した。刈谷は慎重にフォルクスワーゲンを追った。

大衆向けのドイツ車は二十分近く走り、西池袋二丁目の裏通りにあるマンスリーマンションの前に停まった。なんと池袋署のそばだった。

小坂愛はトランクルームから大きなトラベルバッグと茶色いスーツケースを取り出すと、マンスリーマンションのエントランスロビーに入った。

出入口はオートロック・システムにはなっていなかった。管理人室も見当たらない。

刈谷はスカイラインを路上に駐め、律子と一緒に車外に出た。マンスリーマンションの表玄関から、奥のエレベーター乗り場を見る。

少し経《た》つと、愛が函《ケージ》の中に消えた。

刈谷たちコンビはマンスリーマンション内に入り、エレベーターホールまで走った。階数表示盤を見上げる。

ランプは六階で静止した。串田の内妻は六階で降りたようだ。

刈谷たち二人は、エレベーターで六階に上がった。

ホールと歩廊には人影は見当たらない。小坂愛は、どの部屋に入ったのか。

刈谷はエレベーターホールに最も近い部屋の玄関ドアに耳を近づけた。

物音は聞こえなかった。無人なのだろう。

刈谷は左隣の部屋の前に立った。ドアに耳を押し当てたとき、二つ先のドア・ノブが回った。

刈谷は律子の手首を取り、エレベーターホールの死角になる場所に導《みちび》いた。六〇四号室のドアが開けられた。

刈谷は物陰から歩廊を見た。六〇四号室から姿を現わしたのは小坂愛だった。

顔面蒼白だ。愛は短くためらってから、六〇四号室から離れた。エレベーターを待つのがもどかしいのか、串田の内縁の妻は階段を駆け降りはじめた。

「六〇四号室に何か異変があったようね。刈谷ちゃん、行ってみよう」

「ええ」

二人は六〇四号室まで走った。

ドアを開けたのは刈谷だった。玄関の三和土《たたき》の隅にスーツケースが見える。スリッパラックの横には、トラベルバッグが置かれていた。

「警察の者です。ちょっとお邪魔しますよ」

刈谷は靴を脱いで、先に玄関ホールに上がった。律子が倣《なら》う。

間取りは1LDKだろう。二人は先に進んだ。リビングダイニングには人の姿はなかった。

刈谷は右手のベッドルームに飛び込んだ。

一瞬、たじろぎそうになった。窓のカーテンレールが真ん中あたりで折れ曲がり、首に樹脂製の紐《ひも》が巻きついた串田和馬がぶら提《さ》がっていたからだ。膝は折れ、いまにも床に落ちそうな恰好《かっこう》だった。微動だにしない。

「串田は、首吊り自殺を遂げたようね。ベッドに遺書らしいメモがあるわ」

律子がベッドカバーの上の紙片を指さし、前屈《まえかが》みになった。刈谷もパソコンで打たれた文字を目で追った。

おれは三年前の強盗殺人の犯人にされた黒木弓彦の二人の遺児に頼まれて、警視庁捜査一課の落合修と四谷署生活安全課の吉崎久昭を殺害した。無実の黒木弓彦を犯人と極《き》めつけた二人の刑事は罪深い。おれは弓彦の子供たちに同情したので、安い報酬で汚れ役を引き受けてやった。

だが、遺児の恭太は性質《たち》が悪い。おれが持ち歩いていたコマンドナイフをこっそりと盗み、父親に不利な証言をした笠憲次と古屋香織を群馬県の山林で別の殺し屋に刺殺させた。実行犯におれのコマンドナイフを使わせるとは汚すぎる。

黒木恭太と妹の芽衣に仕返ししようと思ったが、なんだか面倒になった。おれは警察嫌いだが、始末した刑事たちにはなんの恨みもない。罪悪感にさいなまれつつ生きていても、愉《たの》しくないだろう。おれは人生に終止符《ピリオド》を打つことにした。

愛《めぐみ》、世話になった。早くまともな彼氏を見つけて、おれの分まで長生きしてくれ。さらば！

串田和馬

刈谷は文字を読み終えると、体の向きを変えた。

顔を串田の衣服に近づけると、芳香剤に似た臭気がした。誰かが麻酔液のエーテルかクロロホルムの染み込んだ布を串田の口許に押し当ててから、縛り首にしたにちがいない。

「自殺を装った他殺でしょうね」

「えっ、そうなの⁉　でも、串田の遺書があるわよ」

「しかし、手書きじゃありません。偽の遺書と思われます。それに、串田の衣服に麻酔液が染み込んでるんですよ」

「それなら、串田は自殺に見せかけて殺されたんだろうね。新津隊長に連絡して、日垣警部にうまく動いてもらおうよ」

律子が言った。

刈谷はうなずき、上着の内ポケットに手を突っ込んだ。指先が刑事用携帯電話《ポリスモード》に触れた。

2

一瞬、自分の耳を疑った。

刈谷は、新津隊長の顔をまじまじと見た。秘密刑事部屋に顔を出すと、隊長から予期もしなかったことを聞かされたのだ。串田が池袋のマンスリーマンションで怪死した翌朝である。

「わたしも驚いてるんだ。まさか池袋署が串田の死を自殺と断定するとは思わなかったよ。きみの話によると、串田の衣服から芳香剤のような臭気が漂ってきたということだったからね。おそらく串田は何者かにエーテルを嗅がされて意識を失った直後に紐の輪を首に掛けられ、カーテンレールに吊るされたんだろう」

「そうにちがいないですよ。隊長、池袋署は本庁鑑識課検視官室に出動要請をしなかったんですか？」

「日垣君の報告だと、一応、要請はしたらしい。だが、検視官は全員が出払ってたというんだ。検視官は全国に三百六十人ほどしかいないから、手が回らないんだよ。明らかに他殺とわかる現場には、むろん臨むがね。真っ先にマンスリーマンションの六〇四号室に駆けつけた所轄の地域課員たちと刑事課のベテラン捜査員がベッドの上の遺書を見て、自殺と断定したんだろう」

「ずさんすぎますよ。串田の衣服には麻酔液が染み込んでたにちがいありません。芳香剤のような臭気ですから、すぐに故人が麻酔液を嗅がされたと判断できるはずです」

「そうなんだが、刑事課の連中は偽物と思われる遺書の文面を読んで、串田が自殺したと早合点してしまったんだろうね」

　新津が言って、自席から離れた。アジトには二人だけしかいなかった。刈谷の部下たちはまだ署に顔を出していない。九時過ぎだった。

「なんてことなんだ。匿名で池袋署に電話をして、串田は殺された疑いが濃厚だから、司法解剖に回すべきだと言ってやりますよ。遺体《ホトケ》は、まだ池袋署の安置所にあるんでしょ？」

「いや、日垣警部の情報だと、亡骸は今朝《けさ》早く大塚の東京都監察医務院に搬送されたそうだ。念のため、行政解剖することになったらしいんだよ」

「行政解剖なんかじゃ駄目ですよ。本多署長が本庁の機捜初動班に裏から働きかけて、串田を司法解剖してもらいましょう」

「署長がそこまでやったら、非公式の特殊チームに隠れ捜査をさせてることが知られてしまうじゃないか」

「それはまずいですね。まいったな」

刈谷は応接セットのソファに腰かけ、煙草をくわえた。隊長が手洗いに向かった。

入れ違いに入江奈穂がアジトに入ってきた。

「昨夜《ゆうべ》、串田和馬が自殺しましたね。今朝のテレビニュースで知って、びっくりしました」

「自殺に見せかけた他殺と考えてもいいだろう」

刈谷はそう前置きして、前夜のことをつぶさに話した。

「確かにエーテルは、芳香剤のような臭気を発します。クロロホルムは息が詰まるような臭気があるんですよ。串田がエーテル液を嗅がされて意識を失ったことは間違いないでしょうね」

「入江は元鑑識係だったんだから、東京都監察医務院の監察医を何人か知ってるんじゃないのか？」

「ええ、何人か知り合いがいます」

「おれと一緒に東京都監察医務院に行こう。まだ行政解剖されてなかったら、なんとかストップをかけるんだ。それで、遺体《ホトケ》を司法解剖すべきだと進言するんだよ。行くぞ」

刈谷は秘密刑事部屋を飛び出した。奈穂が追ってくる。

二人はエレベーターで十階から地下駐車場に下《くだ》り、スカイラインに駆け寄った。刈谷が自らハンドルを握り、大塚に向かった。

東京都監察医務院に着いたのは二十数分後だった。

奈穂が受付で、知り合いの監察医の人見哲哉《ひとみてつや》に面会を求めた。現われたドクターは五十歳前後で、小太りだった。垂れ目だ。

「先生、しばらくです」

「入江さん、どうしたんだい？　お連れの方は？」

「新宿署の刈谷警部です」

「そう。どうも人見です」

「刈谷といいます。きょう、串田和馬の行政解剖が行われる予定になってますでしょ？」

「少し前に終わったはずですよ」

「担当のドクターはどなただったんです？」

刈谷は訊いた。

「内海正孝《うつみまさたか》です」

「そのドクターに会わせてもらえませんか。串田は、自殺に見せかけて殺された可能性があるんですよ」

「なんですって⁉　そうだとしたら、司法解剖すべきです。いいでしょう、内海のいるブースに案内します」

人見が案内に立った。刈谷たち二人は、人見の後に従った。

導かれたのは一階の奥にある小部屋だった。

室内には、白衣をまとった二人の男がいた。片方は四十二、三歳で、気難しそうな印象を与える。もうひとりは三十代の前半だろう。背が高い。

年長のほうが内海だった。若手も監察医で、柿沼健人《かきぬまけんと》という名らしい。

人見は刈谷たちを内海に紹介すると、自分のブースに戻っていった。

「で、ご用件は？」

内海が刈谷に声をかけてきた。すぐ近くに椅子が三脚あったが、坐れとも言わなかった。

「串田和馬は自殺したんでしょうか？」

「ああ、そうだね。首の索条痕《さくじょうこん》で、自殺であることは明らかだった」

「衣服にエーテル液が何カ所か染み込んでたはずなんですよ。串田は何者かに麻酔液を嗅がされて意識を失ってるとき、首に紐の輪を掛けられたんだと思います。つまり、他殺ですね」

「き、きみ、無礼だぞ。わたしの所見に見落としがあったとでも言うのかっ」

「ストレートに申し上げますが、そうだったんでしょう」

「池袋署の人間は、遺体の近くに遺書もあったと言ってたぞ。死んだ男は二人も人を殺したんで、罪の重さに耐えられなくなったんだろう。わたしは、ここで十六年近く監察医をしてきたんだ。自殺と他殺の見極《みきわ》めはできる！　不愉快だっ。帰ってくれ」

「しかし、人間ですから……」

刈谷は、さすがにみなまで言えなかった。

「おたく、何様のつもりなんだっ」

「一介の刑事ですよ。ただ、強行犯係として殺人現場を数多く見てきましたんでね」

「おい、われわれ監察医の目は節穴じゃないぞ。思い上がったことを言うな。とにかく、出ていってくれっ」

内海が回転椅子から立ち上がって、腰に手を当てた。いきり立っている。

刈谷は奈穂に目で合図して、先に小部屋を出た。奈穂も通路に現われた。

二人は無言で表に出た。スカイラインに達したとき、柿沼健人が走り寄ってきた。

「ぼくは内海先生の助手を務めたんですが、刑事さんがおっしゃったように遺体《ホトケ》の衣服にはエーテル液が染み込んでました。それから、顎先《あごさき》にも微量の麻酔液が付着してましたね」

「そのことを内海ドクターに言ったのかな?」

刈谷は訊いた。

「もちろん、言いましたよ。ですが、『そんなわけない』と叱り飛ばされてしまいました。ぼくも自殺ではなく、他殺だと直感しました。というのは、索条痕が自殺とは異《こと》なってたからです。紐の痕がほぼ水平に彫り込まれてたんですよ」

「自分で首を吊ったんなら、後ろの部分の索条痕がやや上になってるんだろうな」

「ええ、そうなんですよ。串田という男性《ひと》は眠ってる間に上体を引き起こされてから、首に回された紐を両側に水平に強く絞られたと考えられます。内海先生が自殺という所見を出されたことがぼくには理解できません」

「何か裏事情がありそうだな」

「そうなんでしょうか。ぼくが刑事さんに喋ったことは内海先生には黙っててくださいね」

「わかってるよ。ありがとう」

「いいえ」

柿沼は一礼し、走り去った。

「主任、なんかドクター内海はおかしいですね」

「ああ。車を少し移動させて、しばらく張り込んでみよう」

刈谷はスカイラインの運転席に腰を沈めた。

奈穂が助手席に乗り込んだ。刈谷は車を発進させ、見通しの利く路上に停めた。それから彼は、新津隊長のポリスモードを鳴らした。ツーコールで電話は繋がった。

「急に刈谷君の姿が見えなくなったが、どうしたんだね？」

「実は、東京都監察医務院を訪ねたんですよ」

刈谷は経緯を語った。

「内海というドクターは妙だね。まさか串田を殺《や》った犯人に何か弱みを握られて、自殺と断定したんじゃないだろうな」

「そのへんははっきりしませんが、ちょっと入江と内海をマークしてみます。西浦さんと堀は来てます?」

「ああ、二人とも近くにいるよ」

「なら、西浦・堀班に小坂愛に接触するよう指示してください。もしかしたら、愛は串田が誰を強請《ゆす》ってたのか、薄々、勘づいてるとも考えられますんでね」

「わかった」

新津が電話を切った。

刈谷たちコンビは、東京都監察医務院の表玄関に視線を当てつづけた。しかし、内海正孝は院内に籠もったままだった。コンビは張り込みを続行した。

西浦律子から刈谷に電話がかかってきたのは、午後二時過ぎだった。

「小坂愛と接触できたわ。彼女は池袋のマンスリーマンションの部屋に入ったとき、室内に整髪料とコロンの匂いが漂ってたと言ってた。串田はトニックもローションもまったく使ってなかったから、犯人の残り香だったんでしょうね」

「そういえば、柑橘《かんきつ》系の香りがしたな」

「刈谷ちゃん、誰か思い当たる？」

「『光輝堂』の宇佐美社長はヘアトニックとコロンをつけてたと思うが、それだけで疑うわけにはいかないな」

「ええ、そうね」

「愛は一一〇番しなかった理由について、どう言ってました？」

刈谷は問いかけた。

「串田が誰かを強請ってるようだったんで、警察でいろいろ訊かれるのは面倒だと思ったらしいの。それからね、愛は串田が自殺したとは思えないと言ってたわ。串田は愛に『近くまとまった金が入るから、おまえが欲しがってた白いＢＭＷのスポーツカーを買ってやる。楽しみにしてな』と言ってたらしいのよ」

「そうですか」

「串田は、二人でラスベガスのカジノに行こうとも言ってたそうよ。そんな男が自殺するわけないわ」

「脅迫相手について、愛はどう言ってました？」

「串田が誰を強請ってるのかは見当がつかないと言ってたけど、相手はかなりの金持ちなんではないかと言ってたわ」

「それだけでは、相手を割り出せないですね」

「あっ、肝心なことが後回しになっちゃったわね。串田の従弟《いとこ》にガードマンがいるはずだと愛が言ったのよ」

「ガードマンがいた⁉」

「ええ。母方の従弟らしいんだけど、愛は名前までは知らないそうよ。刈谷ちゃん、その従弟が真鍋雅士とは考えられない？」

「そうだったとしたら、串田は従弟のガードマンの死の真相を個人的に調べ上げ、『光輝堂』の宇佐美社長の三年前の狂言を見破ったのかもしれないな」

「刈谷ちゃん、もっと詳しく教えて」

律子が言った。刈谷は、自分が推測したことを喋《しゃべ》った。

「高額商品には当然、盗難保険が掛けられてたでしょうね。五億円相当の宝飾品を強奪されても、『光輝堂』に実害はなかったわけか」

「ええ。三年前の強盗殺人事件を宇佐美が仕組んだんだとしたら、ガードマンの真鍋を殺害したのは……」

「社長だったんでしょう。これは想像なんですが、宇佐美は店のセキュリティーシステムを解除して、予《あらかじ》め用意しておいた袋かバッグに五億円相当の商品を手早く詰めてたんでしょう。そんなとき、異変に気づいた真鍋が予想外に早く店に駆けつけた。で、やむなく宇佐美はガードマンを殺《や》ってしまったんじゃないのかな」

「ええ、考えられるわね。宇佐美社長は自分で盗《ギ》った商品をどこかに隠しておいて、ちゃっかり盗難保険金を手に入れてたのかもしれないわ。そして、ほとぼりが冷めたら、五億円相当の宝飾品を金に換えるつもりだったんだろうな。もしかしたら、もう換金済みなんじゃないの？」

「そうかもしれませんね。店の経営はうまくいってるようなのに、なんで社長は金が必要だったんだろうか」

「宇佐美は、別の事業を興《おこ》す気でいたんじゃない？　それで、数億円の資金が必要だったんじゃないのかな。それとも、ぞっこんの愛人にせがまれて、まとまったお金を調達しなければならなくなったんだろうか。宇佐美社長は女好きで、浮気を重ねてきた男だから、後者だったのかもしれないね」

「そうなんでしょうか」

「わたしたちは串田の従弟が真鍋かどうか確認したら、宇佐美の女性関係を調べてみるわよ」

「そうしてください」

律子の声が熄《や》んだ。刈谷はポリスモードを折り畳んでから、奈穂に通話内容を喋った。

「了解！」

「三年前の事件が宇佐美社長の狂言だとしたら、笠憲次と古屋香織は知り合いを介して接点を持ったんでしょうね。それで多額の謝礼を払って、嘘の目撃証言をしてもらったんだと思います。笠たちの偽証によって、黒木弓彦さんは強盗殺人犯にされてしまったわけです。二人の遺児が事件の真相を知ったら、『光輝堂』の社長を私的に裁きたくなるでしょうね」

「そうだろうな」

「でも、黒木兄妹が串田に代理殺人を依頼してなかったら、二人の刑事と嘘の証言をした男女を始末したのは……」

「宇佐美に雇われた犯罪のプロなのかもしれない。しかし、殺し屋《プロ》を使ったら、相手に自分の弱みを握られたことになるな。もしかしたら、社長自身が手を汚し、さらに串田を自殺に見せかけて始末したんじゃないのかな」

「主任、待ってください。宇佐美昌也は堅気なんですよ。いくらなんでも五人の人間を殺害するなんてことはできないでしょ？」

「社会でそれなりの成功を収めた人間は、押しなべて自己保身が強いもんだよ。宇佐美も現在の地位や生活を失いたくないと考えれば、常識では考えられないこともやってのけるんじゃないのか」

「主任の言う通りなら、宇佐美社長が串田を榛名湖畔に誘い出して、拉致監禁してた笠と古屋香織の二人を山林の中で刺殺した疑いが濃いんですね？」

「そうだな」

「宇佐美は、柄に串田の指掌紋の付着したコマンドナイフをどこで手に入れたんだろうか。それが謎ですね」

「串田の母方の従弟が真鍋だとしたら、こう推測できるんじゃないのか。串田は従弟を殺したのが宇佐美だと割り出し、『光輝堂』の社長に口止め料を要求した。そのとき、串田はコマンドナイフをちらつかせてた。宇佐美は口止め料と引き換えに、コマンドナイフを手に入れた。それで自分の指紋を付けないようにして、笠憲次と古屋香織の口を塞《ふさ》いだんだろう」

「その前に宇佐美社長は黒木兄妹に雇われた殺し屋の犯行と見せかけて、落合、吉崎の両刑事を葬ったというのが主任の読み筋なんですね？」

　奈穂が確かめた。刈谷は黙って顎を引いた。

会話が中断したとき、新津隊長から刈谷に電話がかかってきた。

「捜査本部が黒木兄妹の潜伏先を突きとめたぞ。二人は、神奈川県秦野《はだの》市郊外の借家に身を潜めてたらしい。持丸刑事課長が執念で二人の隠れ家を探し当てたそうだ。で、捜査本部の者たちが潜伏先に急行したという話だな」

「黒木兄妹は殺し屋《プロ》を雇って報復殺人の代行をしてもらったと自白したんですか？」

刈谷は早口で訊いた。

「いや、それは全面的に否認したそうだ。兄妹は大麻の密売で儲け、落合、吉崎、笠、古屋香織の四人を誰かに始末させる気でいたことは白状した。しかし、まだ殺し屋は見つけられなかったらしい」

「逃げたのは広瀬が北海道で検挙《アゲ》られたんで、いずれ自分たちも捕まるだろうと思ったんだろうか」

「それで、無断欠勤して逃亡する気になったと供述したみたいだな。黒木兄妹は一連の殺人事件には関与してないと見てもいいだろう。となると、串田が……」

「隊長、串田もシロだと思います」

「東京都監察医務院で何か摑んだんだな」

新津が言った。刈谷は、不審な監察医のことを報告した。

「内海正孝は、串田の衣服にエーテル液なんか染み込んでなかったと言ったのか。しかし、助手を務めた柿沼は故人の顎先にエーテルの溶液が付着してたと証言したんだね？」

「ええ、そうです。それから、串田の衣服にもエーテル液が染み込んでたと言ってました」

「串田は一連の事件の真犯人を知ってて、脅迫してたんだろうか」

「そうなんでしょう」

「何か思い当たることがあるんだね？」

新津が訊いた。

「ええ。西浦・堀班に調べてもらうことになってますが、三年前の強盗殺人事件で殺害されたガードマンの真鍋は串田の母方の従弟かもしれないんですよ」

「そうだったら、串田は真鍋を殺した犯人を突きとめて、そいつを強請ってたんじゃないのか。それで、自殺を装って殺されてしまったのかもしれないぞ」

「こっちは、そう推測したんですよ。串田を葬った奴が黒木兄妹の犯行と思わせる細工をして、落合と吉崎を始末したんでしょう。殺された二人の刑事は黒木弓彦は強盗殺人事件の犯人《ホシ》ではないと確信し、密かに真犯人捜しをしてたと思われます。真犯人はそれを知って、大いに焦った。それだから、落合と吉崎を殺害した。さらに嘘の目撃証言を頼んだ笠憲次と古屋香織の口を封じ、脅迫者の串田も始末したんでしょう」

「その前にガードマンの真鍋を撲殺してるんだろうから、六人の人間を死なせたことになるな。冷血漢だね。刈谷君、真犯人に目星はついてるんじゃないのか？」

「おおよその見当はついてますが、まだ確証は得てないんですよ。隊長、もう少し時間をください」

刈谷は静かに電話を切った。

3

搭乗アナウンスが終わった。

刈谷は、搭乗ゲート待合室に目をやった。

成田空港第二旅客ターミナルである。東京都監察医務院に出向いた翌朝だ。

諏訪茜が機内に吸い込まれた。彼女はアメリカを経由して、ブラジル入りする。フライト時間は長い。

刈谷は茜が無事にサンパウロに到着することを祈りつつ、空港第2ビル駅に向かった。

前日の午後六時前に監察医の内海正孝は職場から出てきて、マイカーのレクサスに乗り込んだ。刈谷は奈穂と一緒に内海の車を尾行した。

不審な点のあるドクターが一連の事件に関わりのある人物と接触することを期待していたのだが、その期待は外れた。内海は練馬区内にある自宅に戻ると、外出することはなかった。来訪者もいなかった。

刈谷は少し落胆したが、西浦・堀班がきのうのうちに収穫を得ていた。

二人の調べで、やはりガードマンの真鍋雅士は串田の母方の従弟であることが明らかになった。串田が従弟を殺した犯人を個人的に突きとめたかもしれないという推測は、半《なか》ば裏付けられたと言ってもいいだろう。

また律子たちは、『光輝堂』の社長の現在の愛人についても調べ上げてくれていた。

宇佐美が囲っている元タレントの友利亜未《ゆうりあみ》は満三十歳で、肉感的な美女らしい。亜未は二年あまり前から南青山で輸入インテリアショップを経営し、七人の従業員を雇っているという。

さほど売れなかった芸能人が自力で事業資金を調達できるだろうか。亜未はダミーの社長で、真の経営者は宇佐美昌也なのだろう。開業資金は一億円では足りないのではないか。宇佐美は妻や『光輝堂』の社員たちに覚《さと》られないよう、どんな手段で新規事業の資金を捻出したのだろうか。

宝飾店の売上を過少申告して脱税した分をこつこつと貯《たくわ》えていたのか。浮気癖のある宇佐美が隠し金を貯め込んでいたとしても、億単位の金を工面できるとは考えにくい。金融機関から多額の金を借り入れたら、妻の郁恵に知られてしまうだろう。

そう考えると、宇佐美が狂言を思いついたとしても別に不思議ではない。『光輝堂』の社長は強盗に奪われたと思わせた五億円相当の宝飾品を外国人宝石ブローカーに売り、輸入インテリアショップの開業資金に充《あ》てたのではないか。

今朝九時過ぎから西浦・堀班は、乃木坂《のぎざか》にある友利亜未の自宅マンションを張っている。入江奈穂は、きょうも東京都監察医務院の近くで張り込んでいるはずだ。

刈谷は空港第2ビル駅に着いた。

改札を抜けたとき、背中に他人の視線を感じた。小さく振り返ると、改札に入りかけた四十七、八歳の男が急に体を反転させた。急ぎ足で改札から遠ざかっていく。

怪しい。刈谷は手洗いに入って、二分ほど時間を遣《や》り過ごした。それから、トイレを出る。不審者はどこにも見当たらない。気のせいだったのか。

刈谷は苦笑して、ホームに降りた。新宿駅行きの『成田エクスプレス』は、すでに入線していた。全席指定だ。

刈谷は自分の席に坐る前に、前後の車輛をチェックした。怪しい男は乗り込んでいなかった。

刈谷は自分の席に落ち着き、軽く目を閉じた。

寝不足だったわけではない。脳裏に茜の顔が浮かんだのだ。これまでに彼女は、幾度も海外取材に出かけている。何事もなく目的地に着けるだろう。

しかし、何が起こるかわからない。スラム街でストリート・チルドレンの写真を撮っているとき、現地の無法者にうっとうしがられて発砲される恐れもあった。

禍々《まがまが》しいことを考えると、刈谷は気分が沈んだ。茜を喪《うしな》うことになったら、自分は腑抜《ふぬ》けになってしまうのではないか。わずか三週間だが、彼女と離れ離れになるのは寂しい。

刈谷は改めて茜に惚れている自分に気づかされた。

といって、彼女を束縛する気はなかった。自分も枷《かせ》のある暮らしは望んでいない。

人の心は不変ではない。移ろいやすいものだ。いつか茜と別れることになるかもしれない。それまでは、いい関係を保《たも》ちたいものだ。

『成田エクスプレス』が走りだした。

定刻通りに運行すれば、八十四分後に新宿駅に到着する予定だ。刈谷は瞼《まぶた》を開け、ぼんやりと窓の外を見た。少し走ると、長閑《のどか》な風景が目に飛び込んできた。空はコバルトブルーに晴れ渡り、樹々の緑は艶《つや》やかだ。

刈谷は列車の震動に身を委《ゆだ》ねた。

『成田エクスプレス』が新宿駅に滑り込んだのは、正午前だった。刈谷は改札を出ると、有名デパートの地下食料品売場に潜《もぐ》った。

二人分のステーキ弁当を買って、ペットボトル入りの緑茶も購入する。手提《さ》げ袋を受け取ったとき、また刈谷は誰かに見られている気がした。

振り向く。すると、見覚えのある男が物陰に走り入った。空港第2ビル駅の改札付近で見かけた人物だ。

いったい何者なのか。

刈谷は階段を下《くだ》って、地下大駐車場に降りた。すぐにコンクリートの太い支柱の陰に身を隠す。

待つほどもなく、例の男が大駐車場に駆け込んできた。

刈谷は支柱の陰から出た。相手が立ち竦《すく》んだ。

「おれに何か用があるようだな」

「いいえ、別に。何をおっしゃられるんですか、唐突に」

「空とぼけるなって。あんたは、成田空港第2ビル駅から尾《つ》けてきたんだろ?」

「な、何か勘違いされてるようですね」

「いつまでもシラを切ってると、手錠《ワッパ》打つことになるぞ」

「えっ⁉」

「誰に頼まれて、おれを尾行してたんだ？」

「それは言えません。わたしたちには守秘義務がありますんで、依頼人のことは教えられません」

「あんた、調査会社の人間だな？」

「………」

「どうなんだっ」

刈谷は声を張った。

男が身を翻し、駆けはじめた。刈谷は助走をつけて、飛び蹴りを見舞った。

蹴ったのは腰だった。相手が前のめりに倒れ、短く呻《うめ》いた。

「名刺を出さないと、公務執行妨害で現行犯逮捕するぞ」

「どうかご勘弁ください」

「そうはいかないな。立ち上がって、名刺を出すんだ。身分証明書でもいいよ」

刈谷は手提げ袋を左手に移し、右手を差し出した。男が少し考えてから、上着の内ポケットを探《さぐ》った。

抓《つま》み出したのは黒革の名刺入れだった。男が震える指先で、名刺を引き抜いた。

刈谷は名刺を受け取った。やはり、尾行者は探偵社の調査員だった。武下良二《たけしたりょうじ》という名で、勤め先は神田にあった。

「依頼人の名を聞こうか」

「教えなければ、駄目でしょうか？」

「パトカーを呼ぼう」

「や、やめてください。依頼人は友利亜未とおっしゃる女性です」

武下が答えた。宇佐美昌也の愛人が依頼人と知っても、刈谷はそれほど驚かなかった。

「どんな依頼内容だったんだ？」

「友利さんはあなたの写真をお持ちになって、行動を細かく報告してほしいと……」

「いま、おれの写真を持ってるな？」

「は、はい」

「出すんだっ」

「わかりました」

武下はビジネス手帳の間から、一葉《いちよう》の写真を取り出した。『光輝堂』を訪ねたときに盗み撮りされた写真だった。宇佐美社長がスマートフォンのカメラか、小型デジタルカメラで隠し撮りしたのだろう。

「わたしが依頼人の名を喋ってしまったこと、会社には言わないでくださいね。転職を重ねて、ようやく落ち着ける職場にありつけたんです」

「余計な告げ口はしないよ。その代わり、こっちの動きについては適当に報告しといてくれ」

「そうするつもりでした」

「いつから、おれを尾行しはじめたんだ？」

「きょうからです。調査の依頼を受けたのはきのうですが、動きはじめたのは本当にきょうからなんですよ」

「そうか。もう尾行は打ち切れよな。しつこく尾けてることがわかったら、適当な罪をフレームアップして、あんたを検挙するぞ」

「もう調査は打ち切ります。映画を観《み》たりして時間を潰《つぶ》し、上司にはもっともらしい報告をしておきますよ」

「そうしてくれ。もう解放してやろう」

刈谷は言った。

武下が安堵《あんど》した表情で軽く頭を下げ、足早に遠ざかった。

刈谷は地上に出て、タクシーを拾った。大塚に着いたのは、およそ二十五分後だった。

スカイラインは、東京都監察医務院のある通りに駐められている。奈穂は運転席に坐っていた。

「入江、悪かったな。お詫びってわけじゃないが、デパ地下でステーキ弁当を買ってきた。一緒に喰おう」

刈谷は助手席に腰かけ、紙袋から弁当と緑茶入りのペットボトルを取り出した。奈穂が礼を述べ、差し出された物を受け取った。

「愛《いと》しい女性《ひと》としばしの別れですね」

「からかうなって」

「彼女が帰国するのは三週間後でしたっけ？」

「ああ」

「ちょっと淋《さび》しいでしょうけど、主任、浮気なんかしちゃ駄目ですよ」

「生意気な部下だ。そんなことよりも、内海正孝は院内にいるのか？」

「ええ」

「『光輝堂』の社長が、こっちの動きを気にしてるようなんだ」

「どういうことなんでしょう？」

「おれは成田で、探偵社の調査員に尾けられてたんだよ」

刈谷は武下の名刺を奈穂に見せ、経過を詳しく話した。

「宇佐美昌也が愛人の友利亜未に調査を依頼させたってことは、こちらの動きが気になったからなんでしょうね？」

「そうにちがいない。一連の殺人事件の加害者は『光輝堂』の社長臭いな」

「そうなんでしょうか。そうなら、三年前の事件は……」

「宇佐美が企んだ狂言と考えてもいいだろう。愛人の亜未は輸入インテリアショップのオーナーということになってるが、実際に経営権を握ってるのは宇佐美なんだろう。『光輝堂』の社長は別の事業の開業資金が欲しかったんで、自分の店のセキュリティーシステムを解除して、五億円相当の商品をバッグに次々に詰めたんじゃないか。もちろん、両手に手袋を嵌《は》めてな」

「そんなとき、セキュリティーシステムの異常に気づいたガードマンの真鍋が『光輝堂』に駆けつけた。すると、店内にはなんと宇佐美社長がいたんですね？」

「そうなんだろう。びっくりした宇佐美はなんとか真鍋を丸め込もうとした。あるいは、抱き込もうとしたのかもしれないな。しかし、真鍋は一一〇番しようとした。社長は狼狽して、大型バールで真鍋を撲殺したんだろう。強盗にガードマンが殺されたことにして、宇佐美は事件を通報したにちがいない」

「それで時期を見て、どこかに隠しておいた高額な宝飾品を換金し、輸入インテリアショップの事業資金に充《あ》てたんでしょうか？」

「多分、そうだったんだろう。損害保険でカバーしてもらえるんで、『光輝堂』の実害はゼロだ。仮に五億円相当の商品が半値でしか売れなかったとしても、愛人をダミーの社長にして輸入インテリアショップは開けると思うよ」

「でしょうね。でも、強盗殺人事件の調書通りに宇佐美は、目撃証言者の笠憲次や古屋香織とは一面識もなかったんです。宇佐美が二人に嘘の証言をしてもらったという推理は成り立たない気がしますけど」

「宇佐美が二人と知り合いではなかったことは間違いないんだろう。しかし、『光輝堂』の社長は笠や古屋香織がシンのカレーショップの客であることはわかってたんじゃないか。あそこは、通りから店内の様子が透けて見えるからな」

「ああ、それで……」

「宇佐美は、笠たち二人が店員として地道に働いてることを調べ上げ、金で抱き込んで嘘の目撃証言をしてもらったんだろう。そんなことで、黒木弓彦は強盗殺人犯にされてしまった」

「ええ、そうだったんでしょうね」

「黒木弓彦が服役中に自分は無実だと再審申し立てをする様子だったんで、落合と吉崎は勇み足をしたことに気づき、密かに事件のことを調べ直した。宇佐美は二人の刑事に強盗殺人事件を洗い直されたら、危《ヤバ》いことになると焦ったんだろう」

「で、『光輝堂』の社長は、黒木弓彦の二人の遺児が二人の刑事と嘘の目撃証言をした男女を第三者に片づけさせたように思わせて、自分自身が四人を殺したのかしら？」

「そうなんだろう。その前に宇佐美は、ガードマンの真鍋雅士を殺してる。さらに串田を自殺に見せかけて絞殺した疑いが濃い。おそらく宇佐美は金で監察医の内海正孝を抱き込んで、串田の死は自殺だったと断定させたんだろう」

「状況証拠では、宇佐美昌也はクロっぽいですね。だけど、物的証拠はありません」

「ああ、そうだな。空腹だと、頭がうまく働いてくれない。入江、ひとまず昼飯を喰おう」

「はい」

奈穂がステーキ弁当の包みをほどいた。刈谷はデパートの紙袋から、弁当とペットボトルを一緒に取り出した。

4

レクサスが車道に滑り出てきた。

午後四時過ぎだった。監察医の内海は体調を崩し、早退《び》けするのか。それとも、きょうのノルマは果たしたのだろうか。

「対象者《マルタイ》の車を追尾してくれ」

刈谷は運転席の奈穂に命じた。美人刑事が短い返事をして、スカイラインを走らせはじめた。

内海は練馬区とは逆方向に向かっている。まっすぐ帰宅するのではなさそうだ。

レクサスは数十分後、ＪＲ赤羽《あかばね》駅から少し離れた高台の一角で停まった。

白い大きな建物がほぼ完成しつつあった。内海が車を降り、工事現場に入っていった。

建設作業員たちが内海に会釈《えしやく》する。施主《せしゆ》は内海なのだろうか。

「内海は東京都監察医務院を辞めて、自分の総合病院を開くつもりなんでしょう」

奈穂がギアをＰ《パーキング》レンジに入れ、低く呟いた。

刈谷は、工事現場に掲《かか》げられた看板をよく見た。施主は、やはり内海正孝だった。

「内科や外科のクリニックと違って、私立総合病院をオープンさせるとなると、十数億円は用意しなければならないんじゃないかしら？」

「規模にもよるが、もっと開業資金が必要なんじゃないか。内海が資産家の倅《せがれ》だとしても、無借金で開業するのは難しいだろう」

「主任が考えてること、わたし、わかります。内海は少しでもお金が欲しかったんで、宇佐美昌也に頼まれて、串田の死は自殺だったという所見を出した。そう推測したんですよね？」

「ビンゴだ。二人は前々からの知り合いだったんだろう。たとえば、ゴルフ仲間だったとかさ。クレー射撃場でよく顔を合わせてたのかもしれないな。あるいは、同じ高級スポーツクラブに通ってるのか」

「二人の趣味は乗馬か、トローリングなのかもしれませんよ」

「とにかく、宇佐美と内海は以前からの知り合いだったんだろう」

「ええ、その可能性はあると思います。解剖医が他殺を自殺と断定したら、大きな失点になります。当然、職場には居づらくなりますよね？」

「だな。しかし、すでに内海は独立して病院経営に乗り出す計画を三、四年前から立ててたんだろう。そして、多額の金を銀行から借りてたんで、少しでも負債額を減らしたい気持ちがあったんじゃないのかな」

「ええ、考えられますね。で、知り合いの宇佐美が串田を殺害したことを承知で、自殺で処理したと疑えます」

「そうだな。謝礼は一千万や二千万円じゃなかったはずだ。おそらく一億円前後の〝協力金〟を『光輝堂』の社長から貰ったんだろう」

「そうなんでしょうね」

奈穂が同調した。

そのとき、刈谷の懐で刑事用携帯電話《ポリスモード》が着信音を発した。手早くポリスモードを取り出す。発信者は新津隊長だった。

「宇佐美昌也と内海正孝には接点があったよ。日垣君の調べで、二人が六本木の高級スポーツクラブの会員であることがわかったんだ」

「そういう繋がりだったのか」

「先に入会したのは宇佐美で、およそ六年前にメンバーになってる。入会金は六百万円で、年会費は二百五十万円だそうだ。内海は五年前に会員になってる。二人は、ちょくちょくスカッシュをやってるらしいよ」

「そうですか。隊長、内海の親は相当な資産家なんですかね？」

「日垣警部は、そのあたりのことも調べてくれたんだ。内海の父親は経済学者で、特に資産があるわけじゃないようだな」

「えっ、そうなんですか」

「ただ、奥さんが資産家の娘らしい。父方の祖父が大手計器メーカーの創業者で、父親が二代目だという話だったよ。内海は岳父《がくふ》の資金援助があって、赤羽に自分の総合病院をオープンするようだ」

「おれと入江は、ほぼ完成してる総合病院のそばにいるんですよ」

刈谷は経緯を語った。

「内海は岳父丸抱えで自分の病院を持つんではプライドが傷つくんで、事業資金の一部を調達したくて……」

「宇佐美に協力したんでしょうね。内海は串田が自殺したことにしてやって、一億円前後の謝礼を宇佐美から受け取ったんでしょう」

「そうなのかもしれないな。池袋署の初動捜査が甘かったんで、串田は行政解剖されることになったんだが、事件当夜、所轄署に妙な電話があったらしいんだよ」

「どんな電話だったんでしょう？」

「日垣の情報によると、串田の友人と称する男が池袋署に電話をかけ、『池袋界隈にいる串田という友達がこれから首を吊ると言ってるんで、居場所を探してほしいんです』と協力を求めたと言うんだよ」

「その電話は、宇佐美が声色《こわいろ》を使ってかけたんでしょう」

「電話を受けた署員は、相手が口に何か含んでるようだったと言ってたそうだよ」

「くぐもり声だったんですね？」

「そうだったらしい。それから、発信場所は豊島区内の公衆電話だったそうだ」

新津が言った。

「おそらく池袋署はその情報に引きずられて、串田の死は自殺だろうという先入観を持ってしまったんでしょう」

「その結果、初動の調べが甘くなってしまったわけか。そうだったのかもしれないね。きみらは、しばらく内海をマークしてくれないか」

「わかりました」

「西浦・堀班は、南青山の輸入インテリアショップの近くで張り込んでるんだったな？」

「ええ、そうです。しかし、宇佐美の愛人の友利亜未は店から出る様子はないらしいんですよ」

「そう。三年前、宇佐美が自分で持ち出した五億円相当の宝飾品を愛人宅にしばらく隠しておいて換金したと刈谷君は読んだわけだが、そうではなかったんだろうか」

「こっちの読みは外れてないと思います。狂言強盗騒ぎで持ち出した高額商品を宇佐美が自宅に保管しておいたら、郁恵夫人に見つけられてしまうかもしれませんでしょう？」

「そうだね。刈谷君、宇佐美は店から持ち出した宝飾品をそっくり銀行の貸金庫に預けたとは考えられないかね。もちろん、奥さんには内緒でさ。そのほうが安全なんじゃないのか？」

「安全面では、確かにそうですよね。しかし、換金する前に宇佐美が病死か事故死したら、貸金庫の中身を未亡人に知られてしまいます」

「そうなんだが、妻の郁恵は三年前の強盗騒動は夫の狂言だったとは誰にも言わないだろう？　宇佐美にはもう愛情を感じなくなってても、伴侶の恥を晒《さら》したら、夫人もみっともない思いをするわけだから」

「ですが、銀行の貸金庫室には防犯カメラが設置されてるでしょう。宇佐美が店から持ち出した高額商品を自分の保管ロッカーに入れてる姿が録画されたら、狂言を仕組んだことがバレてしまいます」

「そうか、そうだね。となると、刈谷君が言ってたように、問題の宝飾品は友利亜未の自宅マンションに保管されてたんだろう」

「そうなんだと思います。そして、持ち出した宝飾品を外国人の闇ブローカーに売り、輸入インテリアショップの開業資金に充てたんでしょう。まだ一部は、愛人が預かってるとも考えられるな」

「そうなのかもしれないぞ。その闇ブローカーのことなんだが、日垣警部がシンというインド人オーナーシェフに探《さぐ》りを入れたらしいんだが、心当たりはないと答えたらしい。もしかしたら、宇佐美は例の宝飾品を日本人故買屋に引き取ってもらったんじゃないだろうか」

「隊長、それはないと思います。宇佐美は『光輝堂』を畳んだわけじゃありません。狂言強盗で店から持ち出した商品を日本人故買屋や宝石ブローカーに売ったりしたら、信用を失って、メインの商売《ビジネス》ができなくなります」

刈谷は言った。

「そうだね。きみが言ったように、外国人の闇ブローカーに売り捌《さば》いたんだろうな。そのブローカーは荒っぽい奴なんで、本場インドカレー店のオーナーシェフは仕返しを恐れて……」

「日垣警部に、思い当たる闇ブローカーはいないと答えたんでしょうね」

「そうだったのかもしれないな。何か動きがあったら、報告してくれないか」

新津が通話を切り上げた。

数秒後、堀から刈谷に電話がかかってきた。

「南青山の輸入インテリアショップにインド人らしい男が入って、友利亜未を近くのカフェに誘ったんすよ」

「取引先の男なのかな？」

「そんな感じじゃないっすね。男は四十歳前後で、どこか崩れた印象を与えるんす。眼光が鋭く、身なり《ナリ》も派手っすね」

「おまえと同じような強面《こわもて》で、ギャングスターっぽいわけか」

「おれよりも、ずっと悪党《ワル》っぽく見えるっすよ。例の宝飾品を宇佐美から買い取った闇ブローカーかもしれないっすね」

「宇佐美は、未処分の商品をそいつに引き取ってもらう気なんだろうか」

「そんな雰囲気じゃないっすね。宇佐美の愛人《レコ》は困惑顔なんすよ。迷惑顔と言ったほうが正しいかな」

「それなら、残りの宝飾品を売るんじゃないんだろう」

「あっ、インド人と思われる男が亜未の手を両手で包んで、何か囁《ささや》きはじめたっす。口説いてるみたいっすよ」

「男は宇佐美の弱みを知ってるんで、元タレントの亜未にちょっかい出す気になったんじゃないか」

「亜未が顔をしかめて、手を引っ込めました。けど、男は反対の手を摑んで何か凄《すご》んだみたいっす。亜未は竦《すく》んだようで、握られた手を引っ込めなくなったっすよ」

「そうか」

「西浦さんと一緒にカフェに踏み込んで、インド人らしい奴に職質かけたほうがいいっすかね？」

「堀、まだ待て。カフェの店内はよく見えるんだな？」

刈谷は確かめた。

「嵌《は》め殺しのガラス張りっすから、店内は丸見えっすよ」

「なら、そのまま二人の様子をうかがいつづけてくれ」

「了解っす。あの野郎、大胆だな」

「どうしたんだ？」

「人目も憚《はばか》らずに、亜未の指を口にくわえたんすよ。それからテーブルの下で、亜未の膝のあたりを撫ぜてるっすね」

「亜未の反応は？」

「明らかに不快そうっすよ。でも、握られた手はそのままにしてるっすね」

「二人がカフェを出たら、男の正体を突きとめてくれ」

「了解っす」

堀が電話を切った。刈谷はポリスモードの通話終了キーを押し、奈穂に通話内容を教えた。

「インド人と思われる男は闇の宝石ブローカーで、宇佐美が店から持ち出した宝飾品の多くを買い取ってやったんでしょうね。そうした宇佐美の弱みを知ってるんで、友利亜未に言い寄ってるのね。卑劣な奴だわ」

「入江の言う通りだが、亜未は相手に肘鉄砲を喰わせることもできない。そんなことをしたら、パトロンの悪事をバラされる心配があるだろうからな」

「相手の男が怪しげな宝石ブローカーだとしたら、いまごろになってどうして宇佐美の愛人に言い寄る気になったのかしら？　そいつが宇佐美の狂言のことを知ってたら、堂々と亜未に言い寄りそうですけどね」

「宇佐美は、まだ処分してない商品を高値でインド人と思われる相手に売りつけようとしたのかもしれないぞ。それが不満で、男は宇佐美と絶交する気になったんじゃないだろうか」

「それで決裂する前に、宇佐美の愛人を寝盗《と》る気になったんですかね？」

「多分、そうなんだろう」

「友利亜未は、インド人らしい男に口説かれたことをパトロンに告げ口するのかしら？」

「男に言い寄られたことを宇佐美に喋るだろうな。黙ってたら、しつこく相手にまとわりつかれることになる」

「ええ、そうでしょうね。宇佐美は男の行動を知って、どんなリアクションを起こすんでしょう？　自分の狂言を暴かれることを恐れて、特に文句は言わないのかな」

「いくら自己保身が強くても、自分の愛人を口説こうとする奴がいるとわかったら、冷静さを失うんじゃないか。宇佐美は男の誇りを傷つけられたんで、何らかの報復を相手にするだろう」

「ネットの闇サイトで、どんなダーティーな仕事も引き受けてくれる犯罪者を見つけて、インド人らしい男を消させる気になるでしょうか？」

「そんなことはしないだろう」

「そうですかね」

「宇佐美は他人《ひと》に弱みを握られることをひどく恐れてるんだろう。それだから、三年前の強盗殺人事件を密かに調べ直してたと思われる落合と吉崎の両刑事を始末し、嘘の目撃証言をしてくれた笠憲次と古屋香織を殺《や》ってしまったんだろうな」

「その前に、『光輝堂』の社長はガードマンの真鍋を撲殺したんでしょう。その五人を亡き者にした後、串田を自殺に見せかけて絞殺した疑いが濃厚ですよね？」

「ああ。串田は宇佐美を強請《ゆす》ってたと思われる。内縁の妻に近々、まとまった金が入ると言ってたらしいからな」

「ええ、そうでしたね」

「保身のためなら、平気で六人の人間を葬った男だ。怪しげな宝石ブローカーらしいインド人が宇佐美の狂言のことを脅迫材料にしたら、そいつも生かしちゃおかないだろう」

「宝飾店社長なら、世間的には成功者ですよね。でも、その素顔は冷血漢なのかもしれません。どんな人間も多少は裏表があるでしょうけど、ギャップが大きすぎるわ」

奈穂が溜息混じりに言った。

それから間もなく、建築現場から内海が姿を見せた。監察医は工事関係者たちに愛想よく応じて、灰色のレクサスに乗り込んだ。

奈穂が少し間《ま》を取ってから、ギアをＤ《ドライブ》レンジに移した。

ちょうどそのとき、シングルマザー刑事から刈谷に電話がかかってきた。

「カフェから二人が出てきて、亜未は自分の店に戻ったわ。なんか思い悩んでるような顔つきだったわね。夜になったら、色の浅黒い外国人に指定したホテルに来いと言われたんじゃないかな」

「インド人らしい男は？」

「青山通りに向かって歩いてるわ。どこか有料駐車場に自分の車を預けてあるのかな。それとも、タクシーを拾うつもりなんだろうか。どっちにしても、堀君と男の正体を必ず突きとめるわよ」

「お願いします」

刈谷は電話を切った。

スカイラインは間に三台のセダンを挟みながら、内海の車を追尾しつづけた。レクサスは都心方面に走り、やがて六本木六丁目にある高級スポーツジムの広い駐車場に滑り込んだ。

しかし、なぜか内海は運転席から出ようとしない。奈穂がスポーツクラブの斜め前の路上にスカイラインを停めた。

刈谷はごく自然に助手席を出て、スポーツクラブの駐車場に入った。駐車中の車の後ろを回り込んで、レクサスに近づく。

刈谷はしゃがみ込んで、内海の車に目を注いだ。

黒塗りのベントレーがレクサスの横に並んだのは、およそ二十分後だった。

ベントレーの運転席には宇佐美が坐っている。内海がレクサスを降り、ベントレーの助手席のドアを開けた。

「社長、無理を言って申し訳ありませんね」

「きみも悪党だな。まさか追加分を要求されるとは思わなかったよ」

「わたしも開業資金の一割ぐらいは自分で工面しないと、岳父と女房の言いなりにならざるを得なくなりますんでね。お願いした三千万円、用意していただけました？」

「ああ、持ってきたよ」

宇佐美が硬い表情で、助手席に置いたビニールの手提げ袋を指さした。内海が頰を緩め、手提げ袋を手に取った。重そうだった。

「トータルで一億五千万円をきみに渡した。さらに欲を出すと、きみも……」

「串田と同じように長生きできない？」

「そういうことだ」

「宇佐美社長、もう無心はしませんよ。こちらも後ろめたいことをしたわけですから、際《さい》限《げん》なく金を毟《むし》り取るような真似はしません」

「いい心掛けだ。わたしは、もうスポーツクラブを辞める。きみと会うのも、これが最後だ。いいね？」

「わかりました。社長、お元気で！」

「きみもな」

宇佐美が助手席のドアを引き寄せ、ベントレーを発進させた。刈谷は、内海に歩み寄った。

「き、きみは⁉」

「宇佐美との遣《や》り取《と》りは聞こえたよ。やっぱり、串田は自殺なんかじゃなかったんだな」

「なんの話をしてるんだ⁉　さっぱり意味がわからないよ」

内海が札束の入ったビニール袋を胸に抱え、勢いよく走りだした。

刈谷はダッシュして、内海を突き飛ばした。前にのめった内海は走路に倒れ、長く唸《うな》った。ビニール袋から、帯封の掛かった札束が幾束か零《こぼ》れ落ちている。

「串田は従弟のガードマンが宇佐美に撲殺されたことを調べ上げ、『光輝堂』の社長を強請ってたんだなっ。脅迫材料はそれだけじゃなく、串田は三年前の強盗殺人事件は宇佐美の狂言だったことも見抜いてた。さらに串田は、宇佐美が二人の刑事と嘘の目撃証言をしてくれた男女を殺害した事実も摑んでた」

「わたしは何も知らない。悪いことなんか何もしてないぞ」

「もう観念しろ！」

刈谷は内海の脇腹を蹴った。内海が体を丸めて転がりはじめた。

そのとき、奈穂が駆け寄ってきた。

「宇佐美の車を追わなくてもいいんですか？」

「おれは、宇佐美が内海にトータルで一億五千万円の謝礼を払ったことを確認済みだ。少し前に、内海は追加要求した三千万円を受け取った。それも、この目で見たよ」

「ビニール袋から零れた札束は、その一部なんですね？」

「そうだ。すでに内海は一億二千万円を受け取ってたが、欲を出したんだろう」

「強欲ですね」

「隊長に電話して、日垣警部に内海の身柄《ガラ》を引き取ってもらおう」

刈谷は部下に言った。

いつの間にか、駐車場には野次馬が集まりはじめていた。

刈谷は上着の内ポケットから警察手帳を取り出し、高く翳《かざ》した。人々が顔を見合わせ、一斉に一メートルほど退《さ》がった。

奈穂が新津に電話をし終えたとき、堀が刈谷に電話をかけてきた。

「例の外国人は、インド国籍のマハトマ・ボースという名でした。四十一歳で、家《ヤサ》は文京区本郷《ほんごう》四丁目二十×番地にありました。戸建ての借家っす。職業は不詳っすが、羽振りがいいようなんで、闇の宝石ブローカーなんじゃないすか」

「ああ、おそらくな。ボースは在宅なのか？」

「そうっす。西浦さんと張り込み中なんすよ」

「こっちも収穫があったんだ」

刈谷は経過を話した。

「主任が二人の遣り取りを聞いてるんだったら、内海は時間の問題で落ちるっすよ」

「内海の身柄《ガラ》を日垣警部に引き渡したら、おれたち二人はマハトマ・ボースの自宅に行く。おれの勘では、宇佐美は愛人の亜未を餌《えさ》にしてインド人ブローカーに玄関のドアを開けさせ……」

「殺《や》る気なんすかね？」

「ボースは三年前の強盗殺人が宇佐美の仕組んだ狂言だと知ってるわけだから、早晩、片づける気でいるにちがいない。インド人は亜未を寝盗る気らしいから、宇佐美は今夜にもマハトマ・ボースを始末しに行くだろう」

「そうかもしれないっすね。それじゃ、おれたちは待ってるっす」

堀が通話を切り上げた。刈谷はポリスモードを耳から離した。

夜が更けた。

十一時半近い。刈谷は三人の部下と暗がりで息を潜めていた。スカイラインとプリウスは、インド人の自宅の裏手に隠してあった。

雲が月を隠したとき、黒いベントレーがボース宅に横づけされた。宇佐美の車だ。

助手席のドアが開けられ、青いドレス姿の友利亜未が降りた。白い肩は剝《む》き出しだった。胸の谷間も露《あらわ》だ。

ベントレーのライトが消された。だが、宇佐美は運転席から出なかった。

亜未が門柱に近づき、インターフォンを鳴らした。

ややあって、男の癖のある日本語がスピーカーから流れてきた。

「あなた、誰？」

「亜未です。ボースさんと親密になったほうがメリットがあると思い直したんで、今夜はあなたの家に泊めていただくことにしたわ。ご迷惑かしら？」

「そんなことない。わたし、大歓迎ね。あなたが欲しい物、すべてプレゼントする。すぐに行く。亜未さん、ポーチまで入ってきて。まだ門の扉の内錠は掛けてないよ」

「それでは、お邪魔します」

亜未が門扉《もんぴ》を押し開け、後方を顧《かえり》みた。宇佐美がベントレーから静かに降り、洋風住宅の門柱にへばりついた。

亜未が石畳のアプローチを進みはじめた。

玄関のドアが開けられ、マハトマ・ボースが現われた。白いガウン姿だ。シャワーを浴びた直後なのだろう。

「わたし、ハッピーね。あなたに嫌われたと思ってたから」

「そんなことないわ。でも、わたしはパトロンがいる身なので……」

「わかってる。もう何も言わないで。わたし、本当に嬉しいね」

「わたしもよ」

亜未が言って、ボースの胸の中に飛び込んだ。ボースが両腕で亜未を抱きしめる。

刈谷は三人の部下に目配せした。

そのとき、宇佐美がボース宅の内庭に躍《おど》り込んだ。右手に握っているのは、刺身庖丁だった。刃渡りは三十数センチあるだろう。

「宇佐美、七人も人を殺す気かっ」

刈谷は大声で叫んだ。宇佐美がぎょっとして、体ごと振り向いた。

堀が特殊警棒のボタンを押し、大きく跳躍《ちょうやく》した。頭部を強打する。宇佐美が短く呻いた。刺身庖丁が地面に落下した。

すかさず律子が、凶器を靴で踏んだ。堀が特殊警棒で宇佐美の首を一撃する。奈穂が、横倒しに転がった宇佐美の両手を捩《ねじ》上げた。

「とりあえず銃刀法違反で現行犯逮捕する」

刈谷は、宇佐美に後ろ手錠を掛けた。

「あなたたち、ポリスか⁉」

ボースが家の中に逃げ込む気配を見せた。堀がインド人に組みつき、ポーチから内庭に投げ落とした。みごとな大腰だった。

「あんたも、すぐには乃木坂のマンションには帰れないわよ」

律子が言って、亜未の片腕を捉《とら》えた。

奈穂が心得顔で、刑事用携帯電話《ポリスモード》を取り出した。もちろん、一連の事件の真犯人を逮捕したことを新津隊長に報告するためだ。

「六人も殺したわたしは、どうせ死刑になるんだ。手錠を外してくれたら、あんたら四人に全財産をやる。亜未に手を出そうとしたボースを殺さなきゃ、素直に絞首台に立てない。頼むよ」

宇佐美が哀願した。

「日本は法治国家なんだ」

「あんた、金が嫌いなのか⁉　変な奴だな」

「銭《ぜに》ばかり追い求めてるうちに、人の心ってやつをどこかに落としちまったらしいな」

刈谷は、宇佐美の背に唾《つば》を飛ばした。

著者注・この作品はフィクションであり、登場する人物および団体名は、実在するものといっさい関係ありません。

注・本作品は、平成二十五年七月、徳間書店より刊行された『新宿署密命捜査班』を、著者が大幅に加筆・修正し、改題したものです。

新宿署特別強行犯係

一〇〇字書評

切り取り線

購買動機（新聞、雑誌名を記入するか、あるいは○をつけてください）	
□（　　　　　　　　　　）の広告を見て	
□（　　　　　　　　　　）の書評を見て	
□ 知人のすすめで	□ タイトルに惹かれて
□ カバーが良かったから	□ 内容が面白そうだから
□ 好きな作家だから	□ 好きな分野の本だから

・最近、最も感銘を受けた作品名をお書き下さい

・あなたのお好きな作家名をお書き下さい

・その他、ご要望がありましたらお書き下さい

住所	〒				
氏名		職業		年齢	
Eメール	※携帯には配信できません	新刊情報等のメール配信を 希望する・しない			

この本の感想を、編集部までお寄せいただけたらありがたく存じます。今後の企画の参考にさせていただきます。Eメールでも結構です。

いただいた「一〇〇字書評」は、新聞・雑誌等に紹介させていただくことがあります。その場合はお礼として特製図書カードを差し上げます。

前ページの原稿用紙に書評をお書きの上、切り取り、左記までお送り下さい。宛先の住所は不要です。

なお、ご記入いただいたお名前、ご住所等は、書評紹介の事前了解、謝礼のお届けのためだけに利用し、そのほかの目的のために利用することはありません。

〒一〇一−八七〇一
祥伝社文庫編集長　坂口芳和
電話　〇三（三二六五）二〇八〇

祥伝社ホームページの「ブックレビュー」からも、書き込めます。
http://www.shodensha.co.jp/bookreview/

祥伝社文庫

新宿署特別強行犯係《しんじゅくしょとくべつきょうこうはんがかり》

平成30年 6 月20日　初版第 1 刷発行

著　者　南《みなみ》　英男《ひでお》
発行者　辻　浩明
発行所　祥伝社《しょうでんしゃ》
東京都千代田区神田神保町 3-3
〒101-8701
電話　03（3265）2081（販売部）
電話　03（3265）2080（編集部）
電話　03（3265）3622（業務部）
http://www.shodensha.co.jp/

印刷所　堀内印刷
製本所　ナショナル製本
カバーフォーマットデザイン　芥　陽子

本書の無断複写は著作権法上での例外を除き禁じられています。また、代行業者など購入者以外の第三者による電子データ化及び電子書籍化は、たとえ個人や家庭内での利用でも著作権法違反です。
造本には十分注意しておりますが、万一、落丁・乱丁などの不良品がありましたら、「業務部」あてにお送り下さい。送料小社負担にてお取り替えいたします。ただし、古書店で購入されたものについてはお取り替え出来ません。

Printed in Japan ©2018, Hideo Minami ISBN978-4-396-34428-3 C0193

〈祥伝社文庫　今月の新刊〉

島本理生
匿名者のためのスピカ
危険な元交際相手と消えた彼女を追って離島へ――。著者初の衝撃の恋愛サスペンス！

大崎　梢
空色の小鳥
亡き兄の隠し子を引き取った男の企みとは。家族にとって大事なものを問う、傑作長編！

安達　瑶
悪漢刑事《わるデカ》の遺言
地元企業の重役が瀕死の重傷を負った裏側に〝忖度〟と金の匂いを嗅ぎつけた佐脇は――

安東能明
彷徨《ほうこう》捜査　赤羽中央署生活安全課
赤羽に捨て置かれた四人の高齢者の身元を捜せ！　現代の病巣を描く、警察小説の白眉。

南　英男
新宿署特別強行犯係
新宿署に秘密裏に設置された、個性溢れる特別チーム。命を懸けて刑事殺しの闇を追う！

白河三兎
ふたえ
ひとりぼっちの修学旅行を巡る、二度読み必至の新感覚どんでん返し青春ミステリー。

梓林太郎
金沢　男川女川殺人事件
ふたつの川で時を隔てて起きた、不可解な殺人。茶屋次郎が、古都・金沢で謎に挑む！

志川節子
花鳥茶屋せせらぎ
初恋、友情、夢、仕事……幼馴染みの少年少女の巣立ちを瑞々しく描く、豊潤な時代小説。

喜安幸夫
闇奉行　押込み葬儀
八百屋の婆さんが消えた！　善良な民への悪行、許すまじ。奉行が裁けぬ悪を討て！

有馬美季子
はないちもんめ
やり手大女将・お紋、美人女将・お市、見習いのお花。女三代かしまし料理屋、繁盛中！

工藤堅太郎
斬り捨て御免　隠密同心・結城龍三郎
隠密同心・龍三郎が悪い奴らをぶった斬る！役者が描く迫力の時代活劇、ここに開幕！

五十嵐佳子
わすれ落雁《らくがん》　読売屋お吉甘味帖
読売書きのお吉が救った、記憶を失くした少年――美しい菓子が親子の縁をたぐり寄せる。